O —

editora Urutau

rua do cajú, 478,
jardim das cerejeiras
06724-015
cotia-sp (brasil)

avenida peirao besada, 6 – 2D
36163 poio-pontevedra
(espanha)

[+34] 644 951 354 [espanha]
[+55] 11 9 4859 2 426 [brasil]

www.editoraurutau.com.br
contato@editoraurutau.com.br

[EDITORA]
debora ribeiro rendelli
[REVISÃO]
marcella sarubi
[PROJETO GRÁFICO]
wladimir vaz
[COORDENAÇÃO GRÁFICA]
tiago fabris rendelli
[DIAGRAMAÇÃO]
victor h. azevedo
[CAPA]
victor h. azevedo, sobre fotografia de kaspars eglitis

dados internacionais de catalogação na publicação (CIP) de acordo com ISBD

dias, igor
D541m museu dos errantes / igor dias. - cotia : urutau, 2022. 160 p. ; 14cm x 22cm.

ISBN: 978-65-5900-331-0

1. literatura brasileira. 2. prosa. i. título.

CDD 869.8992
2022-2492 CDU 821.134.3(81)

elaborado por odilio hilario moreira junior - CRB-8/9949

MUSEU DOS ERRANTES

IGOR DIAS

[primeira edição]
URUTAU
agosto de 2022

sumário

RAMAL DE SERZEDELO

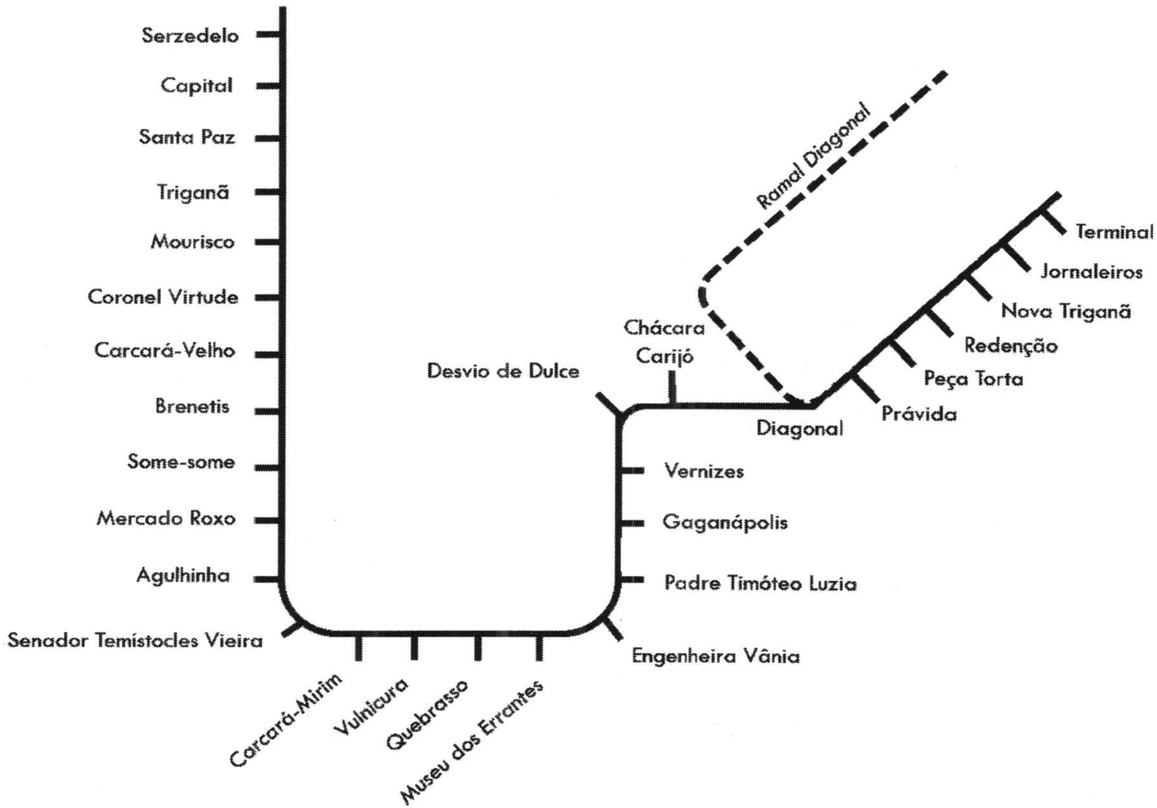
Serzedelo
Capital
Santa Paz
Triganã
Mourisco
Coronel Virtude
Carcará-Velho
Brenetis
Some-some
Mercado Roxo
Agulhinha
Senador Temístocles Vieira
Carcará-Mirim
Vulnicura
Quebrasso
Museu dos Errantes
Engenheira Vânia
Padre Timóteo Luzia
Gaganápolis
Vernizes
Desvio de Dulce
Chácara
Carijó
Diagonal
Ramal Diagonal
Právida
Peça Torta
Redenção
Nova Triganã
Jornaleiros
Terminal

SERZEDELO

Deitou-se como de costume, deu um beijo na mulher e um boa-noite aos dois filhos no quarto ao lado. As crianças cresciam, precisavam comer e precisavam de roupas. Usou um lençol um pouco mais grosso para se cobrir: dos longos e musculosos braços até a ponta dos pés. Ao abrir os olhos e sondar o outro lado da cama, procurando pela mulher, não a encontrou. Ela já havia saído de casa.

Levantou-se, escovou os dentes e foi ver os filhos, que também não estavam. 'Ela saiu mais cedo para levar as crianças à escola, deve ter precisado passar no mercado para comprar alguma coisa.', pensou. 'Mas caramba, tão cedo!', remendara o pensamento, sentindo uma espécie de traição por parte da sua família, porque o dia já começava com as coisas lhe fugindo ao controle.

Teria gostado de ver os filhos deitados no quarto ao lado, como pequenos anjos. João, o filho mais novo, deve ter sido o primeiro a acordar. Para Eunice, por sua vez, levantar-se era um processo mais custoso, porque sempre dormia como que desmaiada. Exauria-se em corre-corres pela casa com o irmão e sempre tinha dificuldades em acordar no dia seguinte para ir à escola.

O chão estava gelado, o que o fez calçar uns pequenos chinelos de borracha que ficam amontoados junto com os outros calçados na parte detrás da porta. O quarto era pequeno e bastante bagunçado. Compunha-se basicamente de uma cama de casal e de um cabideiro, já um pouco carcomido por cupins. Havia também uma pequena estante cheia de quinquilharias, coisas velhas, lembrancinhas de aniversários, ímãs de geladeira, pequenos blocos de anotação e canetas que nunca escrevem. Nela, alguns poucos livros equilibrados por uma pedra que servia de peso para papel, ainda que empoeirados, davam a impressão de que a casa, embora não se destacasse pela limpeza, possuía entre seus habitantes ao menos uma pessoa que se entretinha com a leitura de forma esporádica.

Uma vez calçado, dirigiu-se para a sala, pequena e estreita, e olhou com algum espanto para o único quadro que pendia da parede. Ficava sobre a mesa em que comiam e era um quadro simples, quase comum. Figurava uma natureza-morta: uma cesta com uma pera, uma maçã, dois pêssegos e um cacho de uvas.

Julgava-se pouco entendido de arte, mas achara o quadro bonito quando o comprou em uma feirinha de antiguidades, no Depósito, próximo à estação Museu dos Errantes. Havia sido barato, não era como as coisas opulentas que costumavam estar à venda na Rua Prefeito Magro. Dessa vez, contudo, quando se deteve um pouco mais longamente sobre a obra, teve novamente a impressão de achá-la bonita, mas sentiu, de maneira leve, que as uvas a descompunham um pouco. O roxo das uvas era muito vivo e contrastava um pouco com as cores mais pálidas dos outros frutos e da própria cesta. Era uma sutileza o que ele percebia, ainda que não fosse homem de sutilezas. Talvez por isso, pensou, havia sido tão barato.

Lembrava-se com nitidez do dia em que o havia comprado. Sentia que, no fundo, devia ter dado ouvidos à vendedora quando ela sugerira aquele outro quadro, o do trem.

O quadro que não comprara mostrava um trem cinzento, que estava em movimento. Além dele, via-se também a estação, na qual havia muitas pessoas, que se aglomeravam. Muitas, muitas pessoas. Embora não se pudesse ver os detalhes, em virtude da técnica utilizada, percebia-se a preocupação da artista em colocar pessoas de todas as cores e de todos os tipos: homens e mulheres;

altas e baixas; negras, índias e caucasianas. A estação era bastante clara e arejada. Havia uma lanchonete no canto inferior esquerdo que deixava entrever dois cachorros-quentes por entre as pequenas vitrines do balcão. Era dia, o sol apontava alto e os efeitos de luz do quadro eram impressionantemente fortes: mais um pouco e se teria o efeito de luz estourada. Contrapondo-se à falta de definição dos rostos das pessoas, a nitidez se destacava na disposição visual dos demais elementos do ambiente, em especial os que podiam ser vistos em primeiro em plano: a estação, a lanchonete, os cachorros-quentes.

Do lado de fora da estação estava o trem, que parecia ter acabado de partir. Deduzia-se-lhe o movimento por meio da técnica do rastro e do embaçado. As janelas quadradas estavam cobertas por uma espécie de tinta esbranquiçada, e a impressão era de que, na tentativa de construir conceitualmente a sensação de translúcido, a artista acabava por resvalar no opaco. Portanto, tudo o que poderia haver dentro dos vagões permanecia impenetrável ao espectador externo. Estaria o trem vazio por ter deixado as pessoas na estação? Ou estaria cheio, e as pessoas na estação eram apenas as que haviam acabado de se despedir dos que partiam?

Embora esse questionamento não pudesse ser respondido, o que se sabia era que o trem já havia partido, e que havia muita gente na estação. A perspectiva na qual se construía a pintura evidenciava na tela o último vagão. As chapas de ferro, talvez de aço, estavam presas umas às outras com rebites, e todas essas estruturas estavam pintadas com destreza na tela. Os trilhos entre a estação e o último vagão apareciam com extrema nitidez: entrevia-se-lhes o aspecto ferruginoso, e o traço da artista dava a eles contornos firmes e precisos. Os dormentes dos trilhos em madeira, dispostos em intervalos constantes, ajudavam a construir a ideia de que se tratava de uma estação antiga e de que o trem era também velho por fazer parte deste sistema. A pintura havia sido construída com as noções básicas de perspectiva. Um ponto de fuga, à esquerda da tela, representava o infinito e era o lugar para o qual todas as retas que compunham o trem e os trilhos convergiam. Dessa forma, tinha-se a impressão de que o trem se extinguia, mas de que a via férrea era eterna. O efeito era bastante similar àquele construído pela visão humana quando se observa um carro seguindo por uma estrada, sumindo na direção do horizonte.

Lembrava-se com detalhes da obra, mas optara, ao fim e ao cabo, pela natureza-morta. Não sabia exatamente os motivos, mas o achava um pouco pesado para a decoração da sala. O quadro tinha muita cor, muita gente, muito detalhe. Era trem, estação, trilho, lanchonete, cachorro-quente. E o trabalho, claro. De si para si, ele sabia que o motivo principal de não o ter comprado era o trabalho.

Tinha dito à moça, quando o comprara, que ia levar o quadro com as cestas. Melhor assim. Seus filhos eram jovens demais para opinar, e também não julgou pertinente compartilhar a dúvida com sua mulher. Sim: pêssegos, peras, e, por que não, um cacho de uvas bem roxo, vivo, destoante. Antes isso do que um quadro que o fizesse pensar todos os dias no seu trabalho, na sua luta.

CAPITAL

— Senhor delegado, eu já estou esperando há duas horas nesta delegacia, o senhor pode vir me atender?

O delegado, com lábios grossos e bigodes proeminentes, munido de uma expressão irônica que se descortinava por trás de um par de óculos mal colocados remendados com uma resina epóxi, retorquiu:

— A senhora pode esperar sentada, que ainda tem algumas pessoas na sua frente.

Ela esperou, portanto, resignada, chateadíssima. Era um absurdo ter que esperar tanto para conseguir registrar uma ocorrência.

O ambiente da sala de espera dispunha de doze cadeiras de plástico barato, dispostas em três fileiras de quatro cadeiras cada.

Ao seu lado, uma moça grávida comia um salgado que acabara de retirar de um pequeno pote da bolsa, também feito de plástico barato.

— Servida?

— Não, obrigada.

Era evidente que a moça estava querendo puxar assunto.

— Como está demorando aqui, né?

— Pois é.

— Estou esperando faz duas horas e meia.

— E eu ainda estou depois da senhora.

— A senhora veio por quê?

Ela não queria entrar em detalhes sobre o ocorrido. Há quarenta e oito horas que tudo isso havia começado. A vida era difícil, mas parecia caminhar bem. O final de semana havia sido tranquilo, mas agora... Agora estava ali, na delegacia, disfarçando um medo incomensurável com uma espécie de raiva que vinha aprendendo a criar desde que soubera.

— Desculpa, não quero falar sobre isso agora.

A moça grávida se retraiu e se calou. Meio a contragosto, voltou a comer o salgado, dessa vez com mais furor enquanto acariciava a própria barriga.

O cheiro engordurado do salgado empesteava o ambiente. Fazia calor. A sala dispunha de um único aparelho de ar-condicionado, que não estava ligado porque era reservado aos dias mais quentes do verão. Nesse dia estava nublado. O céu estava tomado por um mormaço, que fazia crer aos que já estavam refrigerados que era possível levar a vida apenas com ventiladores.

Mais meia hora se passou, e tudo indicava haver um problema do lado de dentro. Todas as cadeiras estavam preenchidas, e uma fila começava a se formar com pessoas em pé.

O cheiro de ar demasiadamente respirado, o burburinho das conversas, as pessoas que se encaravam de uma forma estranha: tudo isso aumentava ainda mais a vontade de sair da sala de espera e ter acesso, enfim, a uma sala onde houvesse um copo d'água e um aparelho de ar-condicionado em funcionamento, e também alguém que escutasse de maneira profissional os problemas que para ali se encaminhavam.

A moça grávida, então, falou bem alto para que todos pudessem ouvir.

— É um absurdo a gente demorar tanto pra ser atendida. Isso aqui é que nem hospital. Eu estou grávida e vocês não respeitam a fila preferencial, não respeitam! Vocês acham que as pessoas estão aqui porque querem. Todo mundo está aqui porque precisa, todo mundo tem um motivo.

'É, todo mundo tem um motivo', pensou, enquanto do lado de dentro um homem a chamava para entrar, e ela entrava, sem muitos melindres, enquanto a mulher grávida permanecia esperando sua vez de ser atendida.

Àquela altura, não tinha ainda como saber que em poucos dias se arrependeria, e que a imagem dessa mulher grávida na delegacia a faria repensar muitas coisas em sua própria vida.

SANTA PAZ

Ao colocar os pés fora de casa, não sentiu que este seria um dia diferente. Sentiu que seria mais um como os outros: o mesmo ar pesado e denso da fumaça dos carros, os caminhões passando em alta velocidade na estrada.

Sempre que precisa chegar ao outro lado, e isso acontece todos os dias, sobe a rampa encaracolada da passarela com pressa. Fica meio tonto quando chega na parte reta e precisa cruzar as oito pistas por cima dos carros. O chão da passarela treme, são as turbulências de quem vai por cima. O piso, feito de chapas de metal soldadas, parece que está sempre prestes a desabar, em especial nos horários de maior movimento. Mas não tem medo. Afinal de contas, a outra opção seria mesmo a de atravessar por baixo, por entre os carros, e zás, os carros, zás, os caminhões, zás, as ultrapassagens, zás, e a morte: foi assim que perdera uma tia.

Todos os dias toma a passarela e opta de forma voluntária por uma travessia segura, correta, proba. É pai de família e tem dois filhos para criar. Não se sente muito diferente de quando tinha dezesseis: as pessoas, as músicas, os churrascos aos sábados. Agora tinha dois filhos, mas não fazia disso um cavalo de batalha. Duas crianças pequenas, uma delas ainda muito dependente dele e da mãe, a outra já um pouquinho mais esperta.

Duas bocas para alimentar, dois corpos pequeninos que precisavam de carinho e atenção, e também de comida, brinquedos, roupas e sapatos.

E nessas horas é que o instinto paterno falava mais alto. Nessas horas é que percebia que não, não tinha mais dezesseis. Não conseguira aquele trabalho com o qual um dia sonhara, na Rua Prefeito Magro. E por isso, tomava a passarela todos os dias. Mas hoje, que tinha tudo para ser um dia como qualquer outro; hoje, que era então uma folha em branco como todos os outros dias; hoje, sobre o qual nada se sabia; hoje não.

Decidiu cruzar a pista no meio dos carros. Não tinha dezesseis, mas havia algum impulso que o movia a correr esse risco.

A pista, na altura da passarela, vinha de um leve aclive, de forma que não se podia ver muito bem os veículos que chegavam.

'Talvez, por isso, tenham colocado a passarela', pensou.

Teria de esperar um momento em que não fossem vistos carros na estrada. Costumava ser raro. Havia sempre muito movimento no início da manhã.

Ainda assim, mesmo que parecesse não haver carros ou caminhões, eles sempre poderiam chegar com velocidade muito alta. Podia ser que não desse para escapar. Podia ser que na ânsia de escapar, corresse para fugir e não visse um outro carro, menor e mais veloz, mais invisível, que o matasse atropelado.

Para piorar, o dia que nascia parecia ser de sol forte. As poucas nuvens no céu eram cirros-estratos, altas. A previsão era de um dia quente, em que o sol brilharia inescapável.

'Bom para as vendas', pensou, enquanto um leve regozijo de prazer lhe percorria o corpo, antecipando a tensão vindoura.

No entanto, o sol turvava a estrada. Ao fundo da pista, os carros vinham tremulando como numa miragem. O asfalto também tremulava, brasa. Os limites das formas das coisas eram difusos, vagos. Tudo parecia queimar.

Esperou por três minutos um silêncio, que veio. Os zunidos dos carros deram lugar ao canto dos pássaros que se misturava ao som de dois andarilhos à beira da estrada e ao ranger metálico da passarela.

Atravessou.

Por mais de dez segundos após a travessia, nenhum veículo passou pela estrada.

O silêncio foi quebrado por uma Kombi, a sessenta quilômetros por hora. Logo vieram duas carretas, ruidosas. E depois os carros de passeio se misturaram aos caminhões, os caminhões às motocicletas, e todos eles às pessoas que ocupavam as carretas, os automóveis, as motos, os bordos da pista, e a subida da passarela.

Quando chegou do lado de lá, lembrou-se de por que tinha ido. Os motivos ficaram todos em suspenso com a adrenalina. Não fora capaz de pensar em outra coisa além da travessia da estrada enquanto atravessava a estrada.

Iria à venda do Seu Nelson para comprar as coisas que revenderia.

À medida que o sol subia, o final da estrada parecia queimar menos. A vida ia ficando menos turva e ganhando contornos mais precisos. A nitidez era um outro café da manhã.

Antes de se dirigir ao atacado, olhou mais uma vez para a passarela, que rangia e luzia ao sol: metal rangendo contra metal. Olhou também para o fim da estrada, que ainda tremulava um pouco e cujo fim não se podia adivinhar.

Lembrou-se de que o quadro com a figura do trem permanecia emoldurado na parede da sua casa.

Na verdade não. Muitas vezes se confundia. O quadro que escolhera, afinal, era o da natureza-morta. Era estranho que tal pensamento o invadisse àquela hora, mas sentiu uma espécie de arrependimento. Talvez devesse ter comprado o quadro com o trem.

O pensar e o arrepender-se, contudo, passaram rápido. A energia do dia e a luz da estrada novamente lhe tomaram as sensações, e o preparavam para o dia que iria começar.

A vida era mesmo infinita.

TRIGANÃ

Ela ficou feliz porque o delegado finalmente a convocou para a sala de escuta. A sensação era a de que o motim dos insatisfeitos estava prestes a estourar na sala de espera. A taxa de chegada à delegacia era muito maior do que a taxa de atendimento e isso a fez pensar, em última instância, que o tempo que teria para falar seria breve, de forma que precisaria ser objetiva.

O delegado que a atendeu era o mesmo que a havia solicitado que esperasse. Parecia ser o único a trabalhar na repartição. Vestia uma camisa de linho branco um pouco encardida. Manchas de desodorante na parte do tecido que cobria as axilas provocavam nela uma espécie de repulsa.

Achava-o feio. Torcia para que os bigodes, que cobriam já parte de seus lábios, colaborassem para que ele pudesse ficar a maior parte do tempo de boca fechada. Já havia esperado muito tempo e queria falar, precisava falar. Por um instante, teve a impressão de que talvez ele fosse bom para ouvi-la: tinha orelhas com poucos pelos, e também óculos colados com resina epóxi, de forma que sua imagem, malgrado dura, transmitia alguma humanidade.

— O que houve, senhora?

— Meu marido sumiu.

— Quando foi isso?

— Há dois dias. Ele saiu de manhã para trabalhar e não voltou.

— A que horas ele saiu de casa?

— Acho que às seis da manhã.

— Como assim 'acho'?

— Eu acabei saindo mais cedo de casa do que o normal, então ele ainda dormia quando eu saí. Pelo horário que ele normalmente trabalha, deve ter saído às seis.

— Notou alguma coisa estranha nele enquanto ele dormia?

— Não, nada estranho. Tudo absolutamente normal.

— Você sabe a roupa que ele estava quando saiu de casa?

— Sim, delegado. Ele estava com uma calça jeans e uma camisa branca de manga curta. Ele costuma deixar a roupa que vai usar no dia seguinte pendurada no armário antes de dormir, então eu me lembro.

— Ele estava feliz quando saiu de casa?

— Não sei. Como falei, eu saí antes dele, então não o vi sair.

— Qual o trajeto usual dele?

— Ele sai de casa e vai até uma loja de doces perto da passarela de Serzedelo. De lá, ele segue em direção à estação de trem.

— Qual estação, senhora?

— Serzedelo.

— E de lá, em que estação ele desembarca?

— Ele não desembarca, não, delegado.

— Ué, como assim? Ele não vai trabalhar?

— Sim, mas ele trabalha no trem.

— No trem?

— Sim, no trem.

— Você seria capaz de descrevê-lo?

— Sim, claro.

— Ok, aguarde um instantinho aqui, que eu vou chamar o papiloscopista.

— Vai chamar quem?

— O papiloscopista, minha senhora.

Kleber é um rapaz de vinte e sete anos. É um homem negro de pele clara e muito magro, que parece ter saído de um filme indiano da década de 1970. Os olhos são bastante grandes, amendoados. Olhos de quem se concentra para ouvir, olhos atentos de um castanho muito escuro. O nariz protuberante, proporcionalmente maior do que os olhos, quase rouba a cena de seu rosto. Não fosse por uma pinta na parte superior dos lábios, bem ao estilo Marilyn Monroe, a primeira coisa que poderíamos dizer de Kleber é que era narigudo. A boca, morna, de lábios nem muito grossos nem muito finos, contribuía para dotar de alguma harmonia aquele rosto coberto de excessos. Kleber foi admitido como papiloscopista na delegacia de Serzedelo, mas suas habilidades técnicas para desenhar logo o levaram a trabalhar na seção de retratos-falados. O homem que se especializara em ouvir descrições para transformá-las em desenhos era, ele mesmo, uma caricatura. Os excessos de seu rosto eram sustentados por uma estrutura corporal que lhe dava quase um metro e noventa de altura. Uma camiseta preta com um símbolo de banda de rock, uma calça jeans mais justa do que o necessário e um tênis verde colocado de forma despretensiosa faziam com que Kleber parecesse mais jovem do que os vinte e sete anos que contava. Seus trajes contrastavam fortemente com aqueles apresentados pelos delegados. Estes, por sua vez, optavam por uma estética que combinava conforto e alguma pretensão de formalidade, mas, não sendo sempre possível conjugá-los ao mesmo tempo, acabavam pendendo muitas vezes para o mau gosto.

A forma como Kleber se estabeleceu na delegacia combinando um estilo despojado no vestir-se, bom humor e jovialidade refletia certa condescendência dos superiores hierárquicos. Isso só era possível porque o retratista era extremamente competente no desempenho de suas funções. A competência e a cordialidade haveriam de ser a porta futura para as promoções de Kleber, o que só não havia ainda acontecido porque era jovem: de profissão, de casa e de vida.

Ao final de vinte minutos de trabalho, que incluiu escuta e traço, a mulher ficou impressionada com o retrato que lhe foi mostrado. O retrato de seu marido, ainda que a bem da verdade se tratasse de não mais do que um esboço, não diferia, em seus componentes estruturais, das poucas fotografias em câmera que já vira do marido, assemelhando-se especialmente à foto três-por-quatro dele que sempre guardara na bolsa.

'Como fui burra', pensou tão logo havia acabado a descrição. 'Gastei vinte minutos do meu tempo e do tempo do rapaz quando eu tinha à mão uma fotografia três-por-quatro. Ele não precisaria ter desenhado nada.' Por vergonha, acabou optando por não mostrar a foto, mas se lembraria de comunicar ao delegado. 'É bom que assim a versão final do retrato vai mostrar a competência do Kleber. Imagina se o pessoal descobre que ele fez o retrato-falado baseado em um retrato de verdade'. Naquele momento, achou por bem não mostrar a foto para ninguém, nem para o delegado (sem saber que mudaria de ideia logo a seguir e lhe entregaria a fotografia).

Quando Kleber saiu da sala em que havia ficado sozinho com a esposa do desaparecido, ela ainda esperou cerca de cinco minutos até que o delegado voltasse. Certamente, ele estaria aproveitando esses minutos do retrato para resolver outras pendências da delegacia, quem sabe para apressar um pouco o andamento da fila que não parava de crescer do lado de fora.

Nesse ínterim, ela aproveitou para se redimir o mínimo que fosse com a vaidade. Sacou da bolsa um espelho de maquiagem.

Estava muito pálida, o sangue fugindo dos lábios. Este havia sido o resultado de duas noites mal dormidas e de uma inquietude mental que a aterrorizava por dentro, embora aparentasse, externamente, estar até bastante calma. Não era habituada a bases, blushes e outros tipos de pó para o rosto. Na verdade, embora já houvesse tentado, tinha muita dificuldade em encontrar alguma tonalidade que servisse à sua pele negra: sempre ficava meio acinzentada, e parecia que a maquiagem, em vez de realçar o brilho da sua pele, a deixava com um aspecto abatido, quase fantasmagórico. Não tendo à mão (e não acreditando encontrar no mundo) algo capaz de devolver o viço às maçãs do seu rosto, escolheu uma solução que utilizava com frequência: após remexer na bolsa, conseguiu alcançar um batom cor-de-rosa, de tonalidade suave, mas com alguma vivacidade.

Enquanto passava o batom nos lábios, o delegado adentrou novamente a sala, entre constrangido e mal-humorado.

— Estou interrompendo alguma coisa?

— Nada. Só estava passando um batom enquanto lhe esperava.

— Pois bem, como foi com o Kleber?

— Foi tudo ótimo, acho que ele conseguiu captar bem os traços dele.

— Ok. Devemos ter a versão final pronta em dois dias. Acredito que não será o caso, mas pode ser que a chamemos de novo, seja para validar o retrato, seja para prestar outros esclarecimentos que se façam necessários no decorrer da investigação.

— Claro, delegado, estou à disposição. Mas posso lhe fazer uma pergunta?

— Sim, pois não.

— Por que foi necessário fazer um retrato-falado? Eu tenho comigo uma foto três-por-quatro dele, poderia ter dado a vocês. O Kleber nem precisaria ter desenhado nada.

— São os procedimentos operacionais, senhora.

— Ok, não entendo, mas tudo bem.

— Você prefere deixar a foto conosco?

— Se for colaborar com a investigação, sim.

— Vai colaborar, com certeza.

Ela deu a foto ao delegado, que ruborizava. A verdade é que a obtenção do retrato-falado era completamente despropositada. Os procedimentos operacionais a que o delegado se referia funcionavam apenas como desculpa, uma fala padrão que escamoteava o fato de que os vinte minutos do tempo dela e do Kleber gastos em desenho e descrição haviam sido um grande erro.

Sem pensar muito, ele sabia por que tinha errado. A maior parte das queixas que chegava à delegacia de Serzedelo era relacionada a furtos e roubos, de maneira que a imagem do bandido precisava sempre ser construída *a posteriori*. Era raro que alguma coisa mudasse. Homens e mulheres (geralmente mulheres), brancos, pretos e pardos (geralmente brancas) chegavam à delegacia todos os dias para dar queixa de que homens (sempre), pretos (quase sempre) haviam furtado/roubado/ameaçado/xingado/vilipendiado/atirado/esfaqueado a pessoa que vinha apresentar lamúrias e queixumes à delegacia de Serzedelo. O delegado, firme e paciente, tratava todos os casos (quase sempre) da mesma maneira. Ouvia uma mesma história, com leves variações, e mandava para o Kleber. O Kleber desenhava quase sempre os mesmos homens pretos, e vez ou outra se capturava algum deles. Às vezes, se enganavam, prendiam um inocente, mas nunca dava em nada.

O procedimento, ah, o procedimento... Kleber ficava na salinha por vinte minutos com a vítima, e a mulher, quase sempre branca, saía com a expressão satisfeita de quem encaminhava um problema à sua solução.

Não obstante fosse uma mulher negra que houvesse se apresentado à delegacia, o delegado não havia processado a história em seus detalhes. 'Isso, vai lá com o Kleber enquanto eu tomo um café aqui.' Nada disso era necessário, claro. Bastava uma foto, uma única foto. E a mulher, naquele momento, ao lhe entregar essa pequena fotografia três-por-quatro do marido, desmontava todos os automatismos.

— Muito obrigado, delegado.

— Nós estamos à disposição. Qualquer informação nova que a senhora tome conhecimento, por favor, nos informe.

Dizendo isto, entregou a ela um bilhete com um número de uma linha razoavelmente descongestionada da delegacia (que servia justamente para esses casos), além do seu telefone celular.

'Como ela ficou mais bonita com esse batom', o delegado pensou. Na verdade, o batom não importava muito. Seria incapaz de perceber diferenças estéticas decorrentes do uso de maquiagem na maior parte das mulheres. O que havia gostado mesmo era da visão de uma mulher que, sem se perceber observada, se maquiava. Mais do que isso: o que lhe atiçava era o flagrante.

Antes que ela fosse embora, contudo, sentiu uma raiva profunda de si mesmo quando se viu cometendo, pela segunda vez, um erro crasso. Gostaria de deixar passar e alegar, novamente, um procedimento operacional, mas não seria possível. Haveria de engolir a própria vergonha, e ter de passar pelo constrangimento de interpelá-la antes de que saísse.

— Senhora, ficou faltando uma informação muito importante. Qual o nome do seu marido?

Ela ficou sobressaltada com a pergunta, pois acreditava que essa teria sido uma das primeiras, talvez a primeira de todas, que houvesse respondido. Então, retrucou:

— Ué, mas eu não já lhe disse?

O delegado, tendo de engolir em seco a raiva e a vergonha, retorquiu, diligente:

— Não, senhora. Eu não lhe perguntei e a senhora também se esqueceu de me dizer.

E ela disse ao delegado o nome do marido.

MOURISCO

Seu Nelson, dono da venda, era um português típico, parecia ter saído de uma revista em quadrinhos dos anos 1940 que, inclusive, eram conhecidas em Portugal como bandas desenhadas. Era quase gordo, tinha bigodes grossos e bem penteados e andava pelos cantos com uma caneta colocada de forma quase folclórica atrás da orelha esquerda.

Era evidente que a totalização das compras dos seus clientes se fazia à calculadora. Além disso, tudo era reconferido após o primeiro cálculo. No entanto, a caneta atrás da orelha, herança de seu avô que também fora comerciante, dava a ele uma espécie de poder secreto na intimidade; na performance de si mesmo, acabava por criar à sua volta como que um misticismo e uma certa malandragem: acreditava que era sempre mais esperto que os demais.

Abrira a loja um pouco mais tarde. A mulher vinha tendo problemas de saúde, e parece que as coisas haviam confluído para uma crise mais séria na manhã daquela terça-feira. Em todo o caso, conseguiu deixá-la confortável e medicada em casa. Com isso, porém, emanava uma aura cansada logo pela manhã, pois começava o dia quando já havia dado muito de si.

Comezinhos os quatro primeiros clientes, mas acabava de chegar o quinto. Chegou à loja um tanto quanto atarantado e se dirigiu ao dono do atacado:

— Quero quinhentas balas sortidas, em saquinhos de dez, e trinta kits de agulha de costura.

— Em primeiro lugar, bom dia.

— Bom dia, Seu Nelson. O senhor me desculpe, é que estou meio apressado hoje.

— Eu vi, ué. Você nem usou a passarela; saiu correndo no meio dos carros que nem um desembestado.

— É que hoje eu quero chegar logo. Está um dia bonito, acho que vai ter bastante freguês.

— É cliente, rapaz. Não se fala mais freguês hoje em dia, não.

— Ah, Seu Nelson. Cliente para você, que tem uma loja bonitinha instalada aqui na rua. Para quem tem que vender coisas no trem, o que a gente tem é freguês mesmo.

— Minha loja não é 'bonitinha', não, rapaz. Gastei foi dinheiro pra pintar essas paredes aqui. E ainda tive que perder um final de semana de venda pra deixar tudo no capricho. As coisas não estão fácil não.

— Pois deixe de conversa, Seu Nelson. Diz aí se você tem o que eu lhe pedi.

E enquanto dizia isso ao dono do atacado, pensou que era uma loja ajeitadinha, mas era nos bordos da pista, ao pé da passarela. Fosse na Rua Prefeito Magro talvez houvesse alguma razão em chamar os compradores de clientes, mas, sinceramente, ali, lugar de gente pobre comprando coisa para revender, era lugar mesmo é de freguês.

Seu Nelson acariciava as pontas do bigode como que tentando se lembrar do pedido que o homem havia acabado de fazer, este mesmo homem que se via como freguês, e que Seu Nelson julgava como cliente. Perdera as quantidades exatas depois de algum tempo dessa conversa desfocada. Uma vez tendo lembrado, dirigiu-se rápido para a parte de trás da loja para pegar os pedidos. Achou os kits de agulha sem dificuldade. Quando foi pegar as balas, lembrou-se de que desde a semana passada começou a ensacar as balinhas de quinze em quinze, em vez da forma anterior, de dez em dez. Achava que essa era uma maneira de reduzir o volume de trabalho que tinha na loja, e que não teria prejuízos por conta disso. Só precisava avisar.

— Escuta, as balinhas agora a gente está fazendo saquinhos de quinze. Não faz mais os de dez, não, que estava dando muito trabalho aqui.

— Vixe, isso vai me prejudicar bastante. Porque agora eu vou ter que aumentar o preço dos saquinhos no trem, e o passageiro é muito sensível a aumento de preço. Se eu vendi a um real, vou ter que vender agora a um e cinquenta. Aprendi com os mais antigos que nada que custa mais de um real dá para vender no trem.

— Mas agora vai ser assim.

— Está bem. Faz as contas aí e me dá o equivalente a quinhentas balas então. Nem consigo mais fazer a conta pra ver quanto é que isso dá. Detesto trabalhar com número quebrado.

— Eu também não gosto. Mas você vai ver, depois que a gente se acostumar, vai acabar sendo melhor.

— Então deixe anotado aí: as agulhas e as balas.

— Não vai acertar hoje, não?

— Não, Seu Nelson, deixe anotado, por favor. É quase final do mês já, e não tenho vendido muito por esses dias.

— Está bem. Tome aqui, leve. Bom dia pra você.

— Bom dia pra você também, Seu Nelson.

— E, olha, cuidado com essa rua aí. Vê se usa a passarela, porque depois que morrer, babau!

— Pode deixar.

CORONEL VIRTUDE

Chegara à estação Serzedelo. O burburinho das primeiras horas do dia se consolidava com os passos apressados das pessoas. Os ouvidos mais atentos seriam capazes de distinguir os saltos altos em contraposição aos sapatos masculinos, mas o que se fazia notar, de maneira geral, era a pressa. Não havia qualquer harmonia rítmica, e o barulho dos passos das gentes soava de forma completamente descompassada.

Tal como os sons, havia também uma disfonia nos cheiros, o que era quase bom. A maioria das pessoas usava algum tipo de perfume. Nos casos em que isso não acontecia, eram bem-marcados os cheiros fortes de colônias, desodorantes ou até mesmo de sabonetes. O cheiro de gente limpa e de banho tomado se misturava ao cheiro que vinha das três cantinas de que dispunha a estação: pão com mortadela, salgados recém-saídos do forno e café. De mais a mais, o que havia era muita massa de farinha de trigo misturada com queijo e presunto, às vezes peito de peru ou frango com requeijão. O cheiro do início do dia se completava com copos de guaraná natural estupidamente doces. 'Um salgado e um guaraná' era uma espécie de promoção cartelizada entre os três estabelecimentos da estação. Todos tinham o mesmo preço para esta refeição do início do dia, e atendiam também ao mesmo público. As pessoas comiam em pé, e sempre com pressa, muita pressa, paradas em uma das lanchonetes. Os mais apressados, com medo de perder o trem, saíam andando com o guaraná e o salgado, um em cada mão. Não paravam para conversar nem se encontrassem um conhecido. Estavam de boca cheia, e concentrar-se simultaneamente na marcha e na deglutição era uma tarefa e tanto. Uma das lanchonetes, a maior e a que ficava mais centralizada na estação, também servia açaí. Este, preparado com polpa congelada da fruta e extrato de guaraná natural, tinha uma grande saída no estabelecimento, e muitos poderiam supor que era justamente aí que residia a diferença entre esta lanchonete e as outras. Talvez o fosse. O fato é que aqueles que optavam pelo açaí ficavam sempre com os dentes muito roxos e, então, sustentavam mais que todos os outros um aspecto carrancudo e macambúzio até que o trem chegasse: era-lhes vedado, tacitamente, sorrir.

A maior parte das pessoas que passava pela estação de Serzedelo às seis e meia era preta, ou parda. Pretos e pardos misturavam-se ali e davam um recado ao país a que pertenciam: existiam.

Em Serzedelo, entretanto, a população flutuante das plataformas e das lanchonetes não era apenas preta, ou parda: era também pobre. E essa gente, de pele escura, não saía de casa para servir uma gente loira de cabelos castanhos claros e barba ruiva, fluente em alemão: gente formada em design, arquitetura, moda. Não. Essa gente saía de casa e andava até a estação de Serzedelo, todos os dias, para servir àqueles cuja pele é um pouco menos escura que a deles, cujos bolsos têm um pouquinho a mais de dinheiro e são um tiquinho menos pretos, um tiquinho menos pobres.

Deviam satisfação ao dono da oficina mecânica, trabalhavam como operadores de fotocopiadora em uma papelaria de pequeno porte ou eram caixas de supermercado que respondiam a um gerente que ganhava um terço a mais do que eles porque tinha o ensino médio completo. Essa era a gente que frequentava a estação de Serzedelo, todos os dias: das cinco às oito, pela manhã; e das cinco às oito, ao fim da tarde.

Todos os dias essas pessoas saíam de suas casas e andavam até a estação de Serzedelo, que era um grande entroncamento das linhas de trem da cidade, também conhecidos como ramais. Alguns ramais passavam essa estação, mas seguiam seus próprios caminhos. O maior afluxo de pessoas, contudo, se devia à entrada no ramal de mesmo nome, do qual Serzedelo era a estação primeira. A linha de trem de Serzedelo era composta por vinte e nove paradas em sequência até a estação Terminal. A única bifurcação se dava na Diagonal, onde se iniciava uma nova linha, de menor porte, cuja parada final a maior parte das pessoas esquecia o nome.

Uma vez chegados a Serzedelo pela manhã, portanto, os passageiros se posicionavam nas plataformas e tomavam seus trens, às vezes o primeiro de dois ou três. Sabiam de cor o horário de saída das composições, mas estavam sempre prontos para perderem a hora, se atrasarem, pegarem um trem muito mais cheio do que o habitual. Não tinham muita escolha, embora fossem, todos, cheios de ambições e de sonhos.

Viviam o dia por inteiro, desde cedo.

Procuravam não se olhar no reflexo do chão, com medo de ficarem tontos. Sempre houve queixas à prefeitura contra o chão de Serzedelo. Um amarelo desbotado e desgastado contrastava com a translucidez que este mesmo piso refletia, lembrando a todos de que um dia o piso havia sido inteiramente brilhante.

As estruturas de ferro que ornavam esse grande espaço de pé-direito altíssimo — aliado a uma claraboia semitransparente que deixava entrever, por entre a sujeira, a luz do sol nas primeiras horas da manhã —, certamente fariam com que alguém pudesse supor um passado cheio de glórias e de importância para a estação de Serzedelo.

No entanto, à parte a importância que cada um dava a si mesmo, essas pessoas jamais foram percebidas pelos que governavam como importantes. O projeto da estação serviu, de forma proposital e calculada, muito mais para catapultar ao sucesso o arquiteto responsável do que para realmente atender aos anseios e às necessidades de quem passava por ali diuturnamente.

Uma vez aprovado o projeto, e uma vez concedidos todos os louros e todos os prêmios a que fazia jus, a estação de Serzedelo se tornou mais uma construção relegada ao esquecimento do poder público nos últimos quarenta anos. Muito se especula a respeito dos cinquenta anos da estação. A verdade é que o abandono paulatino ao longo dos últimos anos contrastava um pouco com a perspectiva de novos negócios na região, capitaneados pela cada vez mais pujante Rua Prefeito Magro. Desta forma, é provável que haja um projeto de *retrofit* e de restauração das instalações do local. Outras empresas e consórcios estarão à frente deste projeto de modernização, em que colherão seus louros em outras premiações, outros concursos. O destaque muito provavelmente será o piso completamente reformado da estação. Reportando-se de forma explícita ao projeto original, o novo piso que haverá de ser escolhido transitará entre o transparente e o espelhado, ignorando a sensação de tontura que perturba os que por ali transitam.

Antes, porém, que fossem elaborados esses projetos que instalariam um novo piso na estação daqui a uma década, para quase todas as pessoas era a hora de começar o dia. Iriam tomar o trem para servir aqueles que serviriam aqueles que serviriam aos outros serventes que talvez servissem a quem realmente mandasse em alguma coisa.

A todos os profissionais que embarcavam no trem, haveria, por fim, alguém que os servisse. Este servidor, que abraçava como destino o que para todos era trajeto, embarcou no trem com suas balas e suas agulhas.

O dia começava para todos em Serzedelo.

CARCARÁ-VELHO

Para uma criança de seis anos, a realidade e a fantasia ainda não se colocaram como entidades distintas e separadas.

— Papai volta?

— Claro que volta, minha filha.

Era duro ter que explicar à filha, que não era boba, como é que alguém da sua convivência tão próxima de repente sumia no mundo, assim, sem deixar rastros.

A mãe optava pelo caminho da mentira programada.

— Ele volta, sim, minha filha. Seu pai está viajando.

— Para onde ele foi?

— Ah, Eunice. Ele foi para um lugar muito, mas muito longe.

— Longe quanto?

— Longe, muito longe. Sabe a casa da tia Wilma?

— Sei.

— Então, é mais longe que a casa dela.

— Mãe, o papai morreu?

Criança tem essa coisa mesmo de surpreender. Quando se pensa que se vai enganá-las com um papo bobo, melífluo, elas vêm despidas de suas armaduras e jogam na cara do interlocutor uma verdade indisfarçável, com a qual se tem muita dificuldade de lidar.

E agora? Dizer a ela que também não sabe? Dizer para a filha que o pai dela entrou num trem e sumiu, que desde então nunca mais o tinha visto, que havia entrado numa delegacia e feito dele um retrato-falado, que ele estava mais desaparecido que a sua esperança?

Qual a verdade que deve ser dita a quem se quer deliberadamente não ludibriar, a quem se quer dar uma verdade pura e honesta, mas os caminhos tortuosos da vida, os melindres todos, puxa, ela é uma criança, não tem condições de entender isso, como ela vai entender essa coisa que nem a gente do lado de cá, da plenitude de nossa vida adulta, não é capaz de entender, mas vá lá é preciso, é preciso dizer a verdade mesmo quando ela é um faz de conta.

— Filha, você acha que a tia Wilma está viva?

— Acho.

— Por que você acha isso?

— Porque ninguém disse que ela morreu.

— Quando foi que você a viu pela última vez?

— Muito tempo. Foi no meu aniversário.

— Seu aniversário foi há quanto tempo, filha?

A menina pensa, e se confunde por não saber contar direito o tempo. Não tem uma noção clara dos meses, mas já quase a tem. Ela espalma a mão direita inteira, fazendo o número cinco.

A mãe se surpreende um pouco por ela ter acertado. No fundo, não acreditou que a filha fosse ter uma noção exata do tempo. Tinham-se passado cinco meses e três dias contados a partir do aniversário dela.

Foi uma festa bonita, seis anos é uma idade boa. Fizeram uma festa temática e chamaram os mais próximos. Uma festa normal e feliz. Uma menina bonita, meio gordinha, negra como os pais.

Seus olhos eram amendoados e perscrutadores como os têm costumeiramente as crianças de seis anos, mas Eunice passava um pouco da média. Era curiosa, mas serena.

De seu couro cabeludo pendiam duas marias-chiquinhas, ao fim das quais havia dois laços de cores vibrantes. Os cabelos negros da menina ficavam suspensos, sem tocar o seu rosto, e caíam paralelos às bochechas em dois feixes perfeitamente anelados. Esse penteado de festa era cuidadosamente preparado pela mãe e pela tia Wilma, que devotava à menina um amor também maternal. Pouco após secar, os dois feixes se liberavam da obsessividade dos anéis, e os fios, um a um, iam se desprendendo do penteado, procurando seus próprios caminhos. Em algum momento da festa, com os cabelos já bem secos, os laços nas pontas dos cabelos deixavam de fazer sentido porque já não se havia mais o que prender: ou caíam por si mesmos ou a menina os retirava. A partir daí, os cabelos ficavam soltos, e crespíssimos, respondiam apenas aos desígnios de suas próprias vontades, completamente livres.

A festa de aniversário foi uma ocasião bem marcada da plenitude de uma vida com poucos recursos, mas plena de amor. Uma família completa: pai, mãe, tia, irmão.

Uma casa pequena, mas enfeitada, decorada com carinho. No centro da sala, uma mesa redonda, sobre a qual repousavam algumas garrafas de refrigerante que começavam a esquentar e pareciam suar: refrigerantes de cola, de laranja e guaraná. Ao redor do bolo de aniversário, várias balas embrulhadas em papel crepom, além dos brigadeiros e cajuzinhos; o bolo era alto, em duas camadas. Feito pela tia Wilma, tinha a foto da menina estampada na parte de cima do glacê. Da parede pendiam os dizeres 'FELIZ ANIVERSÁRIO', em maiúsculas, com as letras brilhantes da cor magenta ordenadas de forma a penderem para baixo e depois retomar a subida, como uma grande letra U.

Na hora do parabéns, os pais estavam felizes, Eunice estava ansiosa, e todos os demais esperavam ávidos para comer os doces da festa.

Após os já tradicionais cânticos de parabéns e suas variações, uma das amigas da escola, a Lara, puxou o 'Com quem será'. 'Com quem será que a Eunice vai casar?', as pessoas cantavam e se perguntavam. Era a primeira vez que a menina passava por esse tipo de constrangimento, que assola as pessoas até mais ou menos os quinze anos.

Para as meninas, o episódio é mais constrangedor. Mas o aniversariante e a pessoa escolhida como vítima do 'com quem será' sempre se constrangem, de uma forma ou de outra, independentemente de serem meninos ou meninas, rapazes ou moças. E esse constrangimento se dá de forma forçosa, à revelia das duas vítimas principais, para o deleite e o divertimento dos espectadores.

Dessa vez, o escolhido foi o Carlos: 'Vai depender se o Carlos vai querer' foi a continuação da música em que, numa espécie de *flashmob*, todos tacitamente entendiam, concordavam e bradavam o nome do menino, em uníssono.

Carlos, um menino negro de sete anos, bem mais alto do que a média dos seus colegas de turma, ficou muito encabulado. Se fosse branco, teria corado. Sendo negro, a evidência de sua vergonha, por não se poder mostrar como uma variação na tonalidade da pele, era percebida pela tremedeira nas mãos, um acanhamento geral do corpo e, por fim, pela fuga. Quando todos o procuravam, Carlos muito habilmente já tinha se desvencilhado das zombarias dos colegas e saído correndo em direção à porta da rua.

Ainda gritaram por ele, 'Carlos', 'Carlos'.

Mas só o que se pôde ouvir foi a música alta que vinha do lado de fora, o barulho das motos que passavam sem parar e o silêncio que, esporadicamente, quebrava o ruído das coisas da vida.

O pai da aniversariante ainda foi à rua, passou por umas quatro casas à direita, voltou e deu uma olhada numas outras dez casas à esquerda, que era o lado para o qual a rua crescia.

Carlos não estava em nenhum lugar.

É óbvio que o pai de Eunice, o homem que muito tempo depois seria dado como desaparecido após entrar em um trem e não retornar, ainda foi à casa do Carlos, mas a mãe disse que ele não estava lá.

Era mentira. O garoto dera instruções precisas à mãe. Se alguém aparecesse à porta de casa, deveria dizer que ele não estava. Deveria fazer cara de surpresa e dizer que não fazia a menor ideia de onde ele poderia estar. Do lado de dentro, protegido pela mentira familiar, o menino agora estava livre para poder chorar o quanto quisesse.

E chorou, e chorou, e ficou com raiva, e chorou mais. Até que, finalmente, a raiva passou. Poderia ser bom, por um lado, ser o com-quem-será de alguém. Isso significava que era bonito, inteligente, charmoso. Carlos agora sentia que era o objeto de desejo das meninas. Se não fosse a aniversariante, quem sabe a Lara. Talvez Lara só o tivesse indicado para o com-quem-será porque era ela quem gostava dele. E se fosse isso? Quem ele ia preferir, a Lara ou a aniversariante? Mas e as outras? E os amigos, será que estariam com inveja?

Carlos ficou feliz com tudo isso e, de repente, se sentiu empoderado. Era um herói.

Decidiu sair de casa. Estava pronto para voltar à festa, para mostrar a todo mundo que ele era o rei, que era legal ser o com-quem-será da aniversariante.

'Era preciso ser homem', pensou.

Saiu de casa, pé ante pé, tateando as paredes escuras até encontrar a porta. A fechadura rangeu um pouco, mas não o suficiente para despertar o sono leve da mãe.

Chegou à casa da menina, as luzes estavam todas apagadas. Claro, a festa havia acabado. Ficou com a sensação de que, por causa de uma besteira, tinha perdido o que poderia ter havido de melhor: o bolo, os doces, as balas.

Ante o breu que a casa em que havia estado há pouco lhe oferecia, decidiu voltar a sua própria. Tomou um caminho diferente, um atalho.

Passou pela rua do bar, sem medo. Lá encontrou o pai da aniversariante. Ele estava sozinho, triste, parecia pensativo. Bebericava um copo de cachaça, a barba mal aparada lhe roçava o rosto enquanto o cenho se franzia de modo a deixar claro que pensamentos estavam sendo maquinados lá dentro da sua cabeça, mas permaneciam insondáveis para os que o viam de fora.

O pai da aniversariante estava vivo, vivo. E pensava em alguma coisa sobre a qual nada se sabia. E bebericava o seu copinho de cachaça, meio triste, meio soturno.

O menino, que o olhava de longe, reconheceu nele, finalmente, a masculinidade que lhe escapava pelas pontas dos dedos e que nunca permitia que ele pudesse se reconhecer como homem. Talvez a culpa tenha sido do pai que nunca tivera, talvez fosse mesmo isso de ser criança, mas o pai da menina, tão masculino e sozinho, era o retrato dessa coisa que ele desejava ser.

'Era preciso ser homem', pensou mais uma vez e foi para casa dormir, ainda menino.

BRENETIS

— Boa tarde, senhoras e senhores. Desculpem incomodar o silêncio da sua viagem, venho trazendo deliciosas balas de vários sabores. São balas de qualidade, com a qualidade que vocês já conhecem, senhores. Em qualquer loja aí na rua vocês vão estar pagando três reais no pacote de balas; na minha mão é mais barato. Na mão do camelô vai pagar só um e cinquenta o pacote com quinze balas. Um e cinquenta o pacote. São quinze balas. Vai, senhores?

'E trago também um pacote com vários tipos de agulhas. Tem de tricô, tem de crochê, tem a fina e tem a grossa. Pra senhora dona de casa, tem aquela roupa do filhão, do maridão, tem aquela bermuda que está com o bolso descosturando, né, senhora? Tem muita variedade de agulha, tem a fina e tem a grossa, senhoras. Aí fora vocês vão estar pagando cinco reais e até dez reais no pacote de agulhas, mas na mão do camelô vai pagar apenas três reais. Vai, senhora? Apenas três reais o pacote de agulhas, tem a fina e tem a grossa.'

Começou a andar pelo vagão em marcha lenta.

As poucas poltronas vazias estavam bem sujas, o trem estava quase completamente cheio na saída da estação.

Essa era a situação ideal para que ele pudesse vender suas balas e agulhas. Um trem mais vazio teria uma freguesia menor, e ele demoraria mais para vender tudo. Um trem mais cheio, todavia, embora desse a ele alguma vantagem no que diz respeito à agilidade das vendas, dotaria a viagem de um desconforto tão grande que não valeria a pena. Quando isso ocorria, precisava se esgueirar não apenas entre os passageiros a caminho do trabalho, mas também por entre os outros vendedores, ou entre os outros profissionais do trem, como costumava chamar a si mesmo e aos colegas de profissão.

Entendia-se por profissionais do trem todos aqueles que usavam os vagões não como meio de transporte para chegar a algum lugar, mas que faziam deste lugar o seu próprio destino.

Esta categoria envolvia não apenas os vendedores ambulantes de toda sorte (balas, picolés, amendoins, chocolates, agulhas, curativos, descascadores e boleadores, trituradores de alho, pequenos utensílios de cozinha de forma geral, como peneiras e filtros de café), mas também os pedintes (mendigos, maltrapilhos, jovens com criança de colo, amputados, bêbados, pessoas com a voz embargada de choro, jovens que alegam precisar comprar remédio para a filha ou a irmã ou a mãe, senhores de meia-idade que se dizem ex-viciados e que precisam ajudar a instituição de que fazem parte, gente que alega ter perdido o dinheiro da passagem ou o bilhete de retorno) e os pregadores (jovens de terno e gravata que leem trechos da bíblia de forma polida, jovens que leem os mesmo trechos aos gritos, senhoras histéricas que dizem ter sido salvas da prostituição e de um marido alcoólatra após a graça recebida do senhor).

Não havíamos nos esquecido, evidentemente, dos cantores e instrumentistas, mas estes têm sido tipos especiais de profissionais do trem. Os cantores têm muita dificuldade em levar a cabo o negócio da cantoria nos vagões. Não obstante a reprovação de colegas, isto é, os profissionais do trem das outras categorias, o maior problema para os músicos é a competição que se dá com os pregadores. Estes últimos, que se sentem sobre-humanamente empoderados pelo evangelho, sustentam um tom de voz monocórdio e aumentam o volume de suas vozes se percebem a presença de um cantor. Tal é a cadência das palavras e tal o ritmo dos versículos declamados de forma quase decassilábica sobre os passageiros que fica praticamente impossível ali a impostação de qualquer voz outra, de qualquer melodia que quebre os compassos da carta aos coríntios.

Os instrumentistas, por sua vez, perderam espaço nos vagões depois de promulgada a lei que instituiu a proibição musical dentro dos meios de transporte em movimento. As duplas de repentistas, os sanfoneiros, os violeiros e os violonistas foram todos deslocados para as estações, onde podem tocar à vontade sem serem importunados. Eles também podem ser vistos dentro do trem na estação de Serzedelo, onde estão autorizados a tocar até que o trem parta.

Segundos antes do trem partir, os fiscais examinam todos os vagões para verificar se os instrumentistas já se retiraram. No início, alguns deles conseguiam burlar o esquema: ou tentando subornar os fiscais ou tentando levar os instrumentos escondidos. No entanto, como geralmente partiam do terminal de Serzedelo, tornaram-se figurinhas fáceis aos olhos dos fiscais. Como se não bastasse a má vontade característica dos guardas em relação aos instrumentistas, houve um comunicado da companhia ferroviária apelando por um aumento no grau de fiscalização dos músicos e instituindo penalidades mais severas, o que teve o efeito de praticamente erradicá-los dos vagões em movimento.

Houve um gaitista, entretanto, que conseguiu burlar a lei municipal desde o início. Sua estratégia era quase óbvia de tão fácil. Ele não se cadastrou como músico quando a prefeitura instituiu a lei. Também não tocava gaita na estação de Serzedelo, nem no trem parado. Dessa forma, ele era apenas um passageiro comum, com uma gaita no bolso que passava despercebida (poderia ser confundida com um livro pequeno ou um embrulho). Tão logo o trem partia, ele sacava a gaita e tocava umas modinhas antigas e bem conhecidas.

Como não havia outros instrumentistas no trem, era quase agradável ouvi-lo durante a viagem: é uma pena que ele não fosse dos mais afinados. Ele não se intimidava com os pregadores e, vez ou outra (mas não sempre), aumentava o volume da gaita quando percebia a concorrência de um deles.

É claro que com o tempo ele ganhou fama entre os passageiros, e eram muitos os que se referiam como a um golpe de sorte pegar 'o trem do gaitista'. Era de se esperar, contudo, que muito em breve ele caísse nas garras da fiscalização, cada vez mais cerrada. Mas como ele já tinha se tornado, de certa forma, folclórico, tanto os passageiros que não gostavam quanto os fiscais e até mesmo a própria prefeitura faziam vista grossa às suas aparições. Dessa forma, sempre havia um trem, dentre os que partiam cedo de Serzedelo, que era embalado pelo som de uma gaita.

Era precisamente esse o caso do trem em que um homem começava a tentar vender as suas balas e as suas agulhas a preços módicos e que estava um pouco contente porque, pela primeira vez em muito tempo, pegava o trem da gaita. Embora um pouquinho desafinado, era ao menos uma companhia durante a viagem.

Talvez não conseguisse formular um pensamento coeso a respeito dessa ideia, mas dentro de sua cabeça era como se houvesse alguma correlação entre a agilidade de suas vendas e a presença do gaitista. Parece que a gaita animava um pouco os passageiros e, na sua leitura, as pessoas mais animadas estavam sempre mais dispostas a comprar.

No mais, era curtir seu dia de sorte: primeiro, a passarela que evitara, mantendo vida e liberando adrenalina. Agora, a gaita, que lhe inspirava bons augúrios. Sim, é verdade que acordara sem ver a mulher e os filhos, e que também Seu Nelson não tinha conseguido lhe vender os já tradicionais pacotinhos de dez balas. Mas acreditava-se, naquele momento, um homem de sorte. E livre.

SOME-SOME

Completavam-se quatro dias em que ele havia saído de casa sem que houvesse qualquer notícia nova, e ela aguardava, ansiosa, alguma nova posição.

O delegado havia ficado com o número do telefone fixo da família para o caso de novidades em relação ao caso. A mulher se acostumara a ficar colada ao aparelho. Não fornecera seu número de celular à polícia porque não gostava de dá-lo a ninguém. Usava-o pouco. A verdade é que se arrependia de não o ter deixado com o marido, que passava bem mais tempo fora de casa do que ela. Ele tinha o próprio aparelho, mas a tela havia rachado alguns meses atrás, de modo que vinha aos poucos perdendo funcionalidade, até a perda total há cerca de duas semanas. Estava nos planos comprar outro aparelho muito em breve, mas enquanto isso não acontecia, o marido sumira sem deixar rastro, ao passo que ela ficava ali, um tanto quanto culpada com o celular com pouca utilidade em uma das mãos enquanto permanecia à espera, silenciosa e dolorida, de que o telefone fixo se manifestasse, o que não costumava acontecer.

Quando acontecia, raramente era algo importante. Certa vez, recebeu a ligação de Seu Nelson, cobrando o fiado devido. Vez ou outra alguma amiga ou parente ligava, procurando notícias novas sobre o desaparecimento e oferecendo eventuais palavras de consolo. A maior parte, contudo, não tinha seu número de telefone fixo, de maneira que a maioria das chamadas que recebia eram propagandas de toda sorte, de cogumelos a cremes milagrosos, sendo as mais frequentes as ligações impertinentes com oferecimento de planos de telefonia celular e de televisão por assinatura.

Foi preciso construir uma carapaça de serenidade para lidar com a ansiedade, mais a dos outros do que a própria. Passou, sem que se questionasse muito, a ostentar uma placidez que faria corar qualquer pessoa que acreditasse no cumprimento do luto em todas as suas fases. O esquema clássico da vivência do luto, composto por negação, raiva, barganha, depressão e aceitação, parecia se embaralhar por completo na maneira que ela se portava, afinal, desaparecer não é morrer.

O marido estava desaparecido, mas e aí? Era o caso de usar roupas pretas? Nunca. Era o caso de se desesperar? Talvez fosse, mas, no fundo, ela sabia que não ajudaria em nada.

— Sim, pois é, ele sumiu.

— Sim, pois é, já tem uns dias.

— Não, não estou precisando de nada no momento, pode ficar tranquila.

Era assim: plácida e lúgubre, mas sem ser funesta, que encarava esse luto esquisito de alguém que sumira sem deixar rastro, vestígio.

Era preciso que aprendesse dia a dia a viver sem ele, era preciso que mentisse sempre, todos os dias, dizendo que não precisava de nada, mas é claro que precisava.

Precisava de um abraço, precisava dos calcanhares do seu homem roçando nos dela todas as noites, precisava da coragem daquele que nunca abandonava o barco, que era forte, resiliente, prestativo, amoroso.

Bastou que tivesse ido embora para que se descobrisse tardiamente uma mulher apaixonada. Tinha um homem, um homem que havia lhe dado dois filhos, que ela amava. Não havia pensado nisso de forma deliberada, mas conseguia entrever agora, perdida no meio de outras elucubrações ansiosas, que existia. Que tinha carne, osso, sentimentos, pulso. Que era viva também, mas, principalmente, que existia. Opunha-se, portanto, ao seu marido, que ninguém sabia se vivo ou morto, mas, nesse momento, jazia inexistente. Restava inequívoco e indubitável na lembrança daqueles com quem convivera, mas faltava-lhe a presença.

Era preciso acordar todos os dias, olhar-se no espelho, escovar os dentes, tomar banho com a água que caía fina do chuveiro, um filete que alongava o tempo que precisava passar junto ao basculante olhando para um rosto que lhe devolvia o olhar, o seu próprio, que já quase não era capaz de reconhecer em meio à sua vida completamente fora de órbita.

Era preciso viver esse banho, e sentir a menstruação que lhe descia justo quando começava a se secar. Era preciso que sua menstruação estivesse ali, após o banho, a lhe dizer o quanto a vida podia ser inoportuna.

Era a mulher semiviúva, e menstruava. Menstruava porque as gravidezes não lhe chegavam e talvez não lhe chegassem nunca mais. Lembrou-se da mulher que estava ao seu lado na delegacia, e se arrependeu por não lhe ter cedido a vez. A verdade é que estava desconcertada e ansiosa àquela hora. Agora, no banho, pensava nela, torcia por ela; recobrava-se-lhe uma empatia, e quis que o caso dela fosse simples, de fácil resolução. Lembra-se de tê-la ouvido falar, em altos brados, que todo mundo tinha um motivo para estar na delegacia, mas agora ela torcia para que, fosse qual fosse este motivo, àquela altura da gravidez, não ficasse sem marido.

Porque nesses dias a vida dela era essa, a de não ter marido. Não tinha o homem que a procurava, exausto, mas com um resto de amor que escorria misturado com o suor e em meio aos olhares baços depois de um dia cansativo de trabalho; um homem que tarde da noite ainda a esperaria após o banho, ereto, viril, as crianças já dormidas depois de terem comido alguns biscoitos conseguidos com muito sacrifício. Um homem, o seu homem que, ora ausente, a fazia se sentir como um quase-nada, refém de uma vida muito dura, com suas crianças e suas menstruações.

Quisera ela que o sangue coagulasse sozinho e rápido, mas ele escorria, amargo, justo depois de ter saído do banho e se secado, o que a fizera ter de tornar à água do chuveiro, ao sabão.

Corria-lhe por baixo em forma de sangue o que não lhe corria pelos olhos em forma de lágrimas.

Por dentro era como se estivesse completamente seca, oca. Mas o sangue vinha lembrá-la de que apesar de seus infortúnios recentes, estava viva, existia.

Após ter entrado novamente na água, demorou-se mais do que a primeira vez e saiu do banho apenas quando quis. Enxugou com a toalha, demoradamente, os pés finos e longilíneos, as pernas negras. Quanto ao próprio sexo, sentiu suas mucosas sensíveis e optou por secá-lo com um papel higiênico, antes de entregá-lo à proteção de um absorvente de baixa qualidade. Tendo retornado à toalha, continuou a se enxugar: barriga, umbigo, seios, braços.

Era uma mulher formosa. Atraía a atenção dos homens que gostavam de mulheres, e também das mulheres que gostavam de mulheres. Tinha, entretanto, uma autoestima vacilante, que nem sempre fazia jus à carga de atração que exercia. Era negra e tinha a pele bem retinta, o que já a excluía da fantasia de muitos. Quem a tomasse apenas pelos dotes físicos seria capaz de descrevê-la, de maneira reta e direta, como uma mulher de coxas grossas, ancas largas e seios pequeninos. Quem se dispusesse a ir além de uma percepção hipersexualizada, talvez lembrasse de mencionar uma cintura harmônica, que equilibrava o fino do busto com a robustez do ventre. Todavia, poucos seriam aqueles que, diante deste corpo, começariam por descrevê-lo a partir do umbigo, pleno e fundo, perfeitamente redondo, sob o qual se estabelecia o seu centro de gravidade e em cuja órbita girava o corpo e a alma de uma mulher que se olhava nua no espelho e já não sabia direito quem era.

A ordem natural das coisas dizia que, após ter secado o corpo, ela passasse ao rosto e aos cabelos, e foi precisamente o que fez, usando a mesma toalha que havia utilizado para secar-se abaixo do pescoço, já consideravelmente molhada.

A toalha lhe devolvia o seu próprio cheiro. O espelho lhe devolvia o seu próprio rosto. O cabelo molhado lhe devolvia algum viço de juventude, que teimava em fugir por entre as olheiras e as primeiras rugas.

Mas a beleza do seu cabelo crespo, frisado, volumoso, era também alguma outra coisa a lhe dizer que ali havia uma mulher viva, viva. Enquanto secava o rosto e os cabelos, ia apenas não pensando em nada, esquecendo-se, deixando-se.

Com os dois braços apoiados na pia em frente ao espelho, quase dormiu enquanto se encarava, tediosa da própria placidez.

Foi assaltada por uma cólica, súbita, que a despertou. Julgou ser um novo fluxo, que não veio. Em todo caso, se sentiu preparada e acreditou que poderia, enfim, aceitar a irreversibilidade das coisas, ainda que no fim das contas elas pudessem ser revertidas. Quem haveria de saber, afinal, se o marido não lhe chegaria com flores durante a tarde alegando que tudo não passara de um grande mal-entendido?

Aceitou. Aceitava a imposição e a fatalidade. Estava segura e era como se estivesse livre. Ainda sem ter colocado a roupa, abriu o basculante e colocou, demorada, um batom vermelho nos lábios.

Estava livre e era como se estivesse segura. Foi buscar a roupa do lado de fora para se vestir. Saiu do banheiro, limpa, altiva, pronta para recomeçar a vida.

MERCADO ROXO

— O senhor tem de framboesa?

— Bom dia, senhora. É tudo sortido.

— Como assim?

— Os sabores dos saquinhos são misturados. Tem de framboesa, de morango, de maçã-verde, de uva.

— Ah, mas eu quero só de framboesa.

— Infelizmente não tem senhora. Não dá pra eu ficar catando as balas de framboesa aqui pra senhora. Imagina se todos os fregueses começarem a querer as balas do mesmo sabor que nem a senhora, como é que não ia ser?

— Ué, aí o senhor ia ter que fazer os saquinhos todos do mesmo sabor.

— Mas a senhora vai querer ou não o saquinho sortido?

— Não quero, não, obrigada.

Veio-lhe súbito uma raiva grande, imensa. Era a primeira venda do dia, o primeiro contato com a freguesia no dia que começava, que ele achava que seria bom. Talvez não fosse o seu dia de sorte. Com sorte, contudo, talvez não fosse também um dia de azar: apenas mais um, como qualquer outro.

No entanto, após o breve instante de raiva, ficou nele a imagem de que as coisas tinham um propósito para ser exatamente como são. 'Não cabe a nós mudá-las, apenas aceitá-las', pensou.

A moça, contanto, não aceitara o produto como tinha vindo. Queria as balas só de framboesa. Poderia ter dividido o saquinho com a moça ao lado, poderia ter se conformado com a diversidade dos sabores.

A dupla intransigência, dele e dela, havia gerado aquela situação de impasse em que a venda não se concretizava. Ninguém cedia, de nenhum dos lados.

Ele continuou por todo o vagão e vendeu um pouco de suas balas e de suas agulhas. Evidentemente, mais balas do que agulhas. Fez uma venda considerável no primeiro vagão, mais do que o costumeiro. Precisava ser rápido porque sentia que devia acompanhar o gaitista. Tinha a impressão de que quando estavam juntos, no mesmo vagão, as balas chamavam a gaita, e a gaita chamava as balas. Parecia que ambos lucravam mais quando estavam juntos.

A dupla consideração que tinham um pelo outro, o respeito mútuo que ficava perceptível nos instantes mudos em que meneavam a cabeça de forma discreta em sinal de concordância, tudo isso era parte de uma química tácita em que ambos cediam, e na qual as vendas e o chapéu que o gaitista passava se retroalimentavam.

Começaram a caminhar juntos em direção ao próximo vagão. Algo, entretanto, o deteve. Uma certa piedade fora de hora, mas mais do que isso, algo como uma empatia sutil e crescente. Voltou à moça que havia pedido as balas de framboesa.

— Senhora, vou fazer um saquinho só de framboesa aqui para você.

Abriu três sacos de balas e começou a catar as balas de framboesa. Conseguiu juntar umas seis, bem menos do que a quantidade dos saquinhos.

— Olhe, só vou ficar lhe devendo o saquinho.

— Não tem problema, não. Quanto é que fica?

Ele pensou num átimo que poderia não cobrar nada da moça. Seria elegante, educado e, acima de tudo, o expiaria da culpa de não ter conseguido realizar a venda da primeira vez. Seria uma atitude nobre. Entretanto, qual o sentido de ser nobre? Que ego, de podada autoestima, seria capaz de inflar ao exercer um ato heroico?

— Quanto a senhora puder pagar.

E ela lhe entregou nas mãos o valor equivalente a um saquinho cheio de balas, ainda que com menos balas, ainda que sem saquinho.

Ele aceitou o dinheiro, guardando as moedas no bolso da frente da calça. Uma vez mais, pensou que poderia ter feito a ela as balinhas de graça. Mas era o seu trabalho, inevitavelmente o seu trabalho. E precisava comer, precisava alimentar os dois filhos pequenos, que haviam ficado em casa, e também a sua mulher, que se virava como podia, é bem verdade, mas nunca era o suficiente.

É mais difícil fazer gracejos quando não se tem muito.

Acabou comendo um pouco das outras balas que haviam sobrado dos saquinhos abertos: uva, maçã-verde, morango. Comia as balinhas com vontade e decidiu oferecê-las também ao gaitista. Este, por sua vez, que esperava o ambulante para avançar, havia aproveitado o tempo extra no vagão para tocar mais um pouco, sem cobrar nada de ninguém, sem passar o chapéu, sem nem se importar se sua música era vista como arte ou como incômodo: naquele breve momento, parecia tocar apenas por prazer. Foi, portanto, no meio de todo aquele deleite gratuito, que um fio de inveja acabou indo junto com a balinha que o gaitista acabava de aceitar, de maçã-verde.

AGULHINHA

Findo o primeiro vagão, passou ao próximo, acompanhado do gaitista.

Repetiu indefinidamente sua lenga-lenga de balas e agulhas e, vez por outra, conseguia algum cliente.

Parece que a sorte mesmo, se havia, estava no primeiro vagão. Desde então, à medida que avançava, nenhuma venda significativa. Poucos eram os que compravam, e poucos também eram os que davam dinheiro ao homem da gaita.

Foi percorrendo a composição, sentindo e vivendo o trem. Trabalhando, mas com pouca eficácia. Foi assim em todos os vagões que vinha percorrendo. O ritmo mais fraco nas vendas se fez sentir no segundo, no terceiro, no quarto e no quinto vagão, onde então se encontrava.

Um dia de trabalho como todos os outros, em que a massa de trabalhadores que saía de Serzedelo e seus arredores parecia menos afeita às balas. As que mais compravam eram as senhoras menos cuidadas, que pareciam ter filhos problemáticos, alguns netos e pouca sorte na vida.

No quinto vagão, foi uma dessas senhoras que comprou três pacotes de bala.

— Vou querer levar três, por favor.

— Caramba, a senhora vai dar uma festa?

— É pra agradar o pessoal lá em casa. Minha filha que mora em outra cidade veio passar a semana comigo. Ela separou do marido e a filhinha dela não tem nem um ano, você vê. As outras duas que eu vou levar são uma pra mim e outra pro Daniel.

— Seu marido, senhora?

— Marido, marido mesmo, ele não é. A gente tá morando junto já tem uns dois anos, mas ele ainda tá casado no papel com a outra. Tô colocando uma prensa nele para ele desfazer tudo que for possível com ela pra depois a gente não ter problemas.

— Problema mesmo é essa moça querer pegar alguma coisa da senhora depois.

— Nada, meu filho, eu não tenho nada não. Onde já se viu pobre ter alguma coisa? Tenho mesmo é meus três filhos, minha netinha e muito amor para dar, mas dinheiro eu não tenho, não.

— É, então não tem problema nenhum, se é assim, fica tudo mais fácil.

— Olhe, meu filho. Não tem problema, mas se tivesse também eu resolvia. Nessa vida só não tem jeito mesmo é pra morte.

— A senhora tem razão. E agulha, a senhora leva?

— Quero não, meu bem. Não sei costurar, acredita? Nem um pontinho. Minha filha Nilda é que sabe e é ela que costura pra mim quando eu preciso. Mas eu não sei nem escolher as agulhas.

— Aqui comigo é o kit completo, toda agulha que ela precisa vai neste kit que eu estou mostrando pra senhora.

E ele tirou de seu mostruário o kit com as agulhas, expondo as variações de tamanho e de espessura. Explicou demoradamente a finalidade de cada uma delas, que uma era pra crochê algumas eram para linhas normais de costura, algumas eram para bordados etc.

Ele dominava o vocabulário técnico de suas agulhas, e estava disposto a vendê-las, nem que para isso precisasse educar seus clientes, e mais ainda a senhora, por quem já começava a sentir alguma simpatia.

Após alguns minutos explicando, ouviu uma melodia vinda do vagão anterior, e que, pouco a pouco, ia crescendo. Era o gaitista que, após alguns descompassos em relação ao vendedor de balas, chegava, enfim, ao quinto vagão. Terminou a música que tocava antes e foi se chegando para mais perto dele e da senhora. Escolheu precisamente o lugar ao lado dos dois para começar uma nova canção. Tocou 'Asa branca'.

Desde as primeiras notas, fez-se um silêncio no vagão. Algumas pessoas cantarolavam baixinho e, ainda que parecessem se entreter com os próprios murmúrios, eram incapazes de ferir de maneira individual o silêncio barulhento que se construía a partir das notas musicais, algo desafinadas, e dos estalos do trem nos dormentes e nos trilhos. Alguns ainda pareciam se emocionar, enquanto outros pareciam estar alheios a toda sorte de estímulos, preocupados que estavam em chegar ao trabalho, de modo que o dia passasse rápido e eles pudessem voltar a suas casas para gozar o prazer que o dia mal começado já lhes informava que roubaria.

Do lado de fora, as mesmas paisagens, as mesmas casas dos assalariados construídas à revelia de qualquer projeto urbanístico que as dotasse de algo mais que uma uniformidade planejada, um cenário de classe média baixa e de pobreza que se desenhava por detrás das janelas e do qual só se podia ver alguns traços, de relance: a velocidade condenava os passageiros e aqueles que trabalhavam no trem a um impressionismo repetitivo dos subúrbios. Os traços horizontais delimitando a altura das casas, muito semelhantes uns aos outros em virtude de uma organicidade no modo de pensar e construir, repetidos em pequenas fatias de segundo, em pequenos nacos de tempo. Os traços velozes das casas eram também parte da melodia, e junto com as notas emanadas da gaita e dos *clec-clecs* dos trilhos, contribuía para emocionar os dispostos.

Uma delas, a senhora que tinha a Nilda por filha e que comprara os três pacotes de bala, decidiu dar uma boa gorjeta ao músico.

O gaitista, por sua vez, agradeceu e aproveitou para dizer a todos do vagão que ele mesmo se emocionava sempre que decidia tocar essa canção. Após a conclusão de seu breve discurso, a mãe da Nilda cutucou o vendedor de balas.

— Olhe, me desculpe, eu estava pensando em comprar as suas agulhas pra dar pra minha filha, mas acabou que eu dei tudo pro rapaz da gaita. Você me desculpe, viu?

— Por nada, senhora. Eu também me emocionei muito.

— Fica para uma próxima, tá bom?

Ele então pensou, pensou, e se tivesse pensado um pouco mais não teria tomado a decisão que tomou.

— Toma aqui, senhora. Leve as agulhas para Nilda.

— Puxa, muito obrigado. Deus lhe pague, viu?

— Por nada, minha senhora. A gente resolve tudo, só não tem jeito mesmo é pra morte.

Já era o segundo brinde que ele dava nesse trem. Primeiro as balas de framboesa no vagão anterior, que, ainda que pagas, demandaram uma reorganização dos saquinhos e uma consequente perda de dinheiro. Agora as agulhas. Quando as vendas começaram, tudo indicava que seria um dia gordo, mas os vagões seguintes não continuaram a trajetória de sucesso que o primeiro parecia apontar. Se continuasse com essa atitude franciscana, voltaria para casa sem lucro nenhum, sem nada.

Pensou na Eunice e no João, mas não pensou na mulher. Era aos filhos que ele dedicava o seu trabalho. À sua prole, que no íntimo ele gostaria de aumentar, é a que o seu trabalho servia; por eles é que a vida valia o esforço.

Quando pegou os seus itens de venda e começou a se deslocar para o sexto vagão, a cabeça estava nos filhos. Mas à memória deles rapidamente se sucederam, no pensamento, a questão da generosidade, do dinheiro e de como a venda das agulhas para a mãe da Nilda foi completamente atropelada pelo gaitista.

Decidiu, então, que no próximo vagão, teria uma conversa séria com o rapaz da gaita, para delimitar bem direitinho o espaço de cada um.

SENADOR TEMÍSTOCLES VIEIRA

— Preciso combinar uma coisa com você.

— Combinar o quê?

— No último vagão, você pegou quase todo o dinheiro das pessoas.

— Ué, mas eu estava só fazendo o meu trabalho.

— Mas eu também tô querendo fazer o meu, e se continuar assim, vamos ter problemas.

— Tu tá querendo arrumar confusão comigo, é?

— Não quero arrumar confusão com ninguém, só tô falando pra você ficar na sua.

— Quem é você pra mandar alguma coisa aqui, rapá?

— Fica na tua, mermão. Se tu vacilar de novo comigo, eu te entro com essa gaita pelos beiços.

Os passageiros do sexto vagão começaram a perceber a altercação entre o gaitista e o ambulante.

Foi tudo muito rápido. Quando o vendedor se preparava para desferir o primeiro golpe contra o músico, este desviou o corpo magro pela esquerda e conseguiu fugir do soco. Acabou por esbarrar em um passageiro da turma do deixa-disso, que falou com calma:

— Para com isso, cara. Ele tá alterado, não deve ter vendido nada hoje.

Então, o vendedor tentou desferir um novo golpe, outro soco pelo mesmo lado, e, mais uma vez, o instrumentista escorregava o corpo magricela pelo chão do trem, num misto de capoeira e clave de sol, escapando da fúria alheia e sorrindo debochado. Reerguendo-se rápido, conseguiu ainda tirar a gaita do bolso num movimento preciso e, sem pestanejar, devolveu um si ao pé do ouvido esquerdo de seu opositor, alto, estridente, agudíssimo.

O vendedor sentiu uma dor forte no ouvido e ficou algo desorientado. Quase que imediatamente lembrou-se de João, do amor que sentia pelo filho, do périplo que havia feito para salvá-lo da morte.

Quisera ter caído em si de um outro jeito o vendedor, mas agora, com ambas as mãos no mesmo ouvido tentando como que reconstituir um tímpano que não havia perdido, desfalecia aos poucos. Quando precisou colocar a mão direita no chão para que enfim pudesse se sentar um pouco e sair dessa confusão que ele mesmo criara, ouviu o gaitista argumentando com três passageiros grandes e fortes:

— Mas eu não fiz nada, cara, foi ele que começou, eu estava só fazendo meu trabalho.

O comboio permanecia em alta velocidade, despreocupado da briga na qual dois profissionais do trem digladiavam-se por migalhas, impedindo o sono rotineiro dos trabalhadores que contavam com esse tempo para completar-lhes as noites e os sonhos.

Quando colocou a segunda mão no chão, pensou em Eunice, na menina Eunice, na mulher que um dia poderia ser Eunice.

Não teve tempo de pensar na mulher. Tentando se recompor de uma sensação física de desequilíbrio e tontura, percebeu que avançavam para cima dele os três homens fortes.

O gaitista havia sumido, mas deixara um ensinamento. O vendedor, então, ao vê-los se aproximando, deslizou o corpo não tão magro para frente, arrastando-se sagaz no chão, sujando a camisa e a calça de uma poeira grudenta, pegajosa, mas garantindo a si mesmo um corpo sem dor que conseguia sorver o ar rarefeito do piso da composição e escapar das mãos que o queriam morto, sob os olhares de aprovação de todos os outros passageiros. Estes, pusilânimes demais para saber que o corpo do homem do qual se queriam ver livres era um pai de família, pobre como eles, com dívidas como eles, com questões existenciais de fundo e de superfície como eles, não se moveram para ajudá-lo.

Ninguém mais se lembrava de que o ódio unânime e inconteste que se dirigia ao homem negro que se apoiava com dificuldades no piso do sexto vagão derivava de uma briga com o gaitista. Este último havia sumido, astuto, gaita no bolso, passageiro normal, profissional do trem disfarçado, incólume entre os demais trabalhadores que ansiavam pelo começo do dia e já pensavam no retorno, a volta para casa, a janta, o abraço dos seus, o sono redentor.

CARCARÁ-MIRIM

O filho mais novo se chamava João. Enquanto a menina tinha pouco mais de seis anos à época do sumiço do pai, João tinha quatro.

Era também esperto, mas menos do que a menina. Tinha a pele um pouco mais clara do que a irmã, mas era também negro. Tinha o rosto bem redondo, os olhos pretos, o nariz achatado e uma boca com os lábios mais finos do que o imaginado por aqueles que sempre querem ver harmonia em todas as coisas. Era mais baixo e mais magro do que a irmã e tinha a voz esganiçada.

João tivera uma infecção no ouvido esquerdo pouco antes de completar dois anos. O quadro, diagnosticado como uma otite típica, não melhorou com os antibióticos e anti-inflamatórios.

A mãe, que já havia conseguido dispensa no trabalho fixo (que à época tinha) para levá-lo à consulta médica no posto de saúde, não conseguiu a mesma liberação dos patrões quando na semana seguinte, após o diagnóstico e o início do tratamento, a otite não melhorava. À medida que o tempo passava, a inflamação corria o risco de atingir outras áreas do crânio, causando complicações mais graves que colocavam em risco a vida da criança.

Ainda que a mãe continuasse a lhe dar os remédios para curá-lo da infecção, o quadro piorava dia após dia. João, que estava aprendendo a falar, tinha febres cada vez mais altas e gania de dor em muitos momentos do dia. O menino apontava para o próprio ouvido, colocava a mão sobre a orelha esquerda e gritava, gritava muito, indicando que não tinha muitas condições de suportar a dor que lhe era infligida.

Onze dias após a consulta de diagnóstico, o pai de João resolveu tomar uma atitude. Tentou conversar com a mulher para ver se seria possível que ela negociasse mais um dia de trabalho, mas não era.

Preocupado que estava com a saúde do filho, e sabendo da impossibilidade da esposa de assumir uma outra falta no serviço, o pai de João fez o que lhe parecia impensável: faltou ao trabalho.

Neste dia, o décimo primeiro após a consulta de diagnóstico, o pai de João acordou cedo, na mesma hora em que saía para trabalhar, pegou o menino pela mão e foi ao posto de saúde. Após esperar uma hora e meia pela consulta, João foi atendido pela mesma médica que lhe atendeu da primeira vez.

É provável que João tenha reconhecido a médica, porque não se intimidou com a sua presença e demonstrou uma reação amistosa durante a consulta. Não chorou e se manteve meio sério, apesar da dor e da febre alta, coisa de quem sente que está sendo ajudado.

A médica, que associou o prontuário do menino à própria memória, se lembrou do João e, embora estranhasse que a medicação não tivesse o efeito desejado, tomou a medida que lhe pareceu correta após examiná-lo: encaminhou o menino para o hospital.

Em lá chegando, o pai da criança esperou por três horas para ser atendido na seção de emergência. Durante esse tempo, João esteve exposto a toda sorte de doentes e seus males. Contudo, foi atendido. A otorrinolaringologista do hospital leu o encaminhamento que havia sido trazido pelo pai contendo as orientações da médica do posto de saúde, fez mais uns exames no menino e, após algumas perguntas, decidiu realizar uma cirurgia de emergência.

O pai ligou para a mulher.

— Estou aqui no hospital.

— Está tudo bem?

— O João vai ter que ser operado de emergência.

— O que o médico falou?

— Lá no posto a médica não falou nada, só encaminhou a gente pro hospital. A médica daqui fez mais uns exames e decidiu que ele vai ter que operar.

— Quando vai ser a operação?

— Disseram que vai ser daqui a duas horas.

A cirurgia aconteceu seis horas após a ligação do pai de João para a sua mulher. A estimativa inicial, de uma hora e meia para a cirurgia, também malogrou: três horas e quarenta minutos foi o tempo que João ficou no Centro Cirúrgico.

O menino voltou da cirurgia meio abatido, grogue. Ainda iria passar uma noite inteira no hospital, talvez duas. O que um dos membros da equipe médica lhe disse foi que a cirurgia demorou porque a infecção estava bastante aderente à parede do tímpano. Eles passaram boa parte do tempo tentando evitar que o menino perdesse a audição por completo, mas não teve jeito: a audição do ouvido esquerdo de João havia sido perdida para sempre.

João acabou precisando passar a segunda noite no hospital, a recuperação seria lenta. A mãe não podia ficar com ele, o pai também não podia abdicar novamente do seu dia de trabalho. A saída mais uma vez foi apelar para a tia Wilma. Embora não gostasse tanto de João quanto da irmã Eunice, tia Wilma era realmente muito generosa. É claro que tinha problemas da mesma natureza de que o pai e a mãe de João, isto é, também tinha que resolver como faria em relação ao trabalho. Ela, porém, conseguiu dar o seu jeito. Dessa forma, no dia seguinte, tia Wilma estava lá, a postos, pronta a passar a noite e a cuidar do menino enfermo.

Depois da noite com a tia no hospital, João voltou para a casa e teve uma recuperação lenta, gradual. Tomando remédios que atuavam de maneira mais específica e de forma mais potente na inflamação que lhe acossava, foi melhorando aos poucos, até ficar bom de todo.

Como previsto, a audição do ouvido esquerdo não voltara. Teve de se acostumar a viver de forma adaptativa, sempre curvando-se à direita para ouvir o que lhe era dito. Outro efeito colateral era que o timbre da voz havia acabado por ficar um pouco mais agudo que as crianças de sua idade. Nada grave, contudo: apenas pequenas demonstrações de tortuosidade dos caminhos.

Foi crescendo, aproveitando a vida nos momentos em que ela devia ser aproveitada, e um deles foi o de se entupir de doces na festa de seis anos da irmã.

Estranhando o recente sumiço do pai, o menino se inquietou e, algumas horas após a menina haver perguntado à mãe se o pai morrera, João repetiu à mãe a mesma pergunta:

— Mãe, o papai morreu?

A mãe suspeitou da pergunta feita no mesmo tom, da mesma maneira que a da menina. Essas poucas horas eram o tempo da ingenuidade relativa de João em relação à irmã. Mas foram suficientes para que a mãe mudasse radicalmente a postura, passando de uma certa resignação a uma espécie de raiva mais ativa. Essa raiva fez com que lançasse mão de um artifício extremamente cruel, que jamais havia utilizado.

— Mãe, o papai morreu?

E a mãe lhe deu a resposta que achou conveniente e justa, sussurrando bem baixinho no seu ouvido esquerdo.

VULNICURA

Foi como num susto. Após deslizar para escapar dos homens que o cercavam, conseguiu recuperar o equilíbrio. Olhou para todos os lados, não viu apoio. Sabia que sua sobrevivência dependia de conseguir escapar do vagão.

Nenhum apoio.

Os trens que partem de Serzedelo em direção ao Terminal são composições articuladas, feitas de ferro e aço. Unem-se aos trilhos por uma corrente elétrica que lhes garante velocidade. A maior parte dos trens é composta por seis carros. Estes representam setenta por cento do total da frota. Os trinta restantes são compostos por trens com sete carros, ou vagões.

Os de sete vagões são mais modernos. São resultado de um grande esforço governamental que, ainda que não esteja preocupado em melhorar as condições do transporte público, está preocupado em dizer que o fez. Eles possuem algumas diferenças em relação aos modelos antigos. O design é mais arrojado. Os cantos das janelas são arredondados e o acabamento é todo feito em alumínio e aço cromado. Os carros estão sempre separados por uma porta que se abre ao empurrá-la. Estas portas são opacas, todas feitas de um polímero bem resistente. Da cintura à altura dos olhos, contudo, elas são revestidas por um material plástico e transparente, que deixa entrever o que acontece do outro lado. Funciona como uma janela de porta. Por se tratar de um plástico de grossas dimensões, entretanto, parte da visão acaba por se perder no erro de paralaxe.

Os do modelo antigo, de seis vagões, possuem portas metálicas e maciças entre um trem e outro. Com abertura central, como os elevadores de centros comerciais, essas portas geralmente ficam abertas. Um dispositivo magnético, criação de um grupo de pesquisadores do Instituto Universitário de Vulnicura, permite que qualquer passageiro gire um dispositivo que fica no centro de cada porta. Ao girá-lo, um ímã é acionado e, por polaridade oposta, afasta ambas as bandas metálicas, o que faz com que cada lado deslize de maneira a fugir do centro. Para fechar a porta, basta girar novamente o dispositivo central. A atividade de polaridades divergentes se encerra e as bandas se encontram novamente no centro, fazendo com que a porta se feche.

Como os trens de modelo antigo perduraram por muito tempo até a última compra governamental, as portas intervagões ficaram bastante misturadas. Portanto, em um único trem, é possível encontrar divisões entre vagões com portas metálicas do modelo antigo e portas com janelas transparentes similares ao modelo novo (mas não exatamente iguais, visto que a empresa que ganhou a licitação da compra dos trens novos não é a mesma que vencera o pequeno leilão para a compra de portas alguns anos antes). Encontram-se também conexões intervagões sem qualquer porta, colocando em risco os passageiros e expondo o desleixo no qual se encontrava o transporte público do ramal de Serzedelo.

Ao tentar sair do sexto vagão, portanto, nenhum apoio.

O tempo corria ligeiro, atônito, e começava a se crispar nele o olhar do desespero ante à turba.

Não era fácil abrir caminho. Os três homens se aproximavam mais e mais. Os braços de todos eles eram fortes e truculentos e todos os seus gestos apoiados silenciosamente e de maneira quase tácita pelos outros passageiros.

Era curioso porque ele estava muito perto da porta traseira do sexto vagão. Não conseguia divisar o outro lado porque estava no chão, ainda tentando se recompor. Não atinou se a porta era transparente, ou se era de todo metálica, com abertura central.

Nenhum apoio.

Bastava que alguém se compadecesse, que dissesse 'Ei, ei, deixem disso, ele é um trabalhador', ou 'Ei, eu conheço ele, tá sempre vendendo bala por aqui pela manhã'.

Nenhum apoio.

Todo o seu corpo era um lamento de súplica e angústia. Sentia que ali poderia ser o seu fim, ou, que, se não o fosse, levaria muita, mas muita porrada.

Olhou mais uma vez para a porta e pediu, para si mesmo, para dentro, uma ajuda.

E ela chegou.

A porta se abriu ruidosa, e ele pôde perceber que se tratava do modelo metálico, opaco. Julgou que esse pudesse ser o fim da composição, e teve medo de cair nos trilhos. No entanto, do outro lado da porta, um par de olhos de mulher o fitava. Parecia se compadecer, mas de seu ângulo, no chão, não era possível saber ao certo: só se lhe entreviam umas nesgas de cabelos negros e encaracolados além dos olhos.

O barulho da porta se abrindo não o fez bem. Sensibilizado ainda pelos sons da gaita, o caminho natural seria perder mais o equilíbrio e se deixar cair no chão no instante mesmo em que se recompunha, mas escolheu não sucumbir, não ali. Recolheu o que restara de suas forças e, sustentando uma posição esquisita no chão da parte traseira do sexto vagão, seu corpo ficava exposto, quase entre um vagão e outro, mas ainda no sexto, pênsil.

O trem estava em alta velocidade, a caminho do Terminal.

A mulher, que quase pisara no vendedor ao entrar no vagão, pediu licença a todos e disse:

— Ei, ei, deixem disso, ele é um trabalhador. — E logo depois: — Ei, eu conheço ele, tá sempre vendendo bala por aqui pela manhã.

Os passageiros se entreolharam sem dizer palavra. O maior dos três homens ousou balbuciar alguma coisa, mas o não dito virou um muxoxo e, por fim, uma resignação. Os braços prontos para o soco, os pés prontos para o chute e o coração pronto para a glória que a vingança encarna: tiveram todos de arrefecer, procurar outros caminhos.

O único apoio, o apoio de tudo, o desconhecido em sua face mais humana vinha desta mulher misteriosa do carro posterior.

Sem inventar diálogos e sem provocar perdas de tempo que poderiam resultar numa mudança de posição que os levasse, agora ambos, a uma nova perda do moral frente à massa dos apoios oscilantes daqueles que só queriam chegar aos seus trabalhos, tomou-o pelos braços e o arrastou com vigor.

Era uma mulher forte.

Concentrada em fazê-lo sair dali o mais rápido possível, não pôde perceber que, ao arrastá-lo, o impedia de trazer consigo as balas e as agulhas, que ficaram jogados no assoalho do trem.

Ele, por seu lado, ainda atordoado e bastante desorientado com o acontecido e querendo, antes de tudo, sair de onde estava, também não se deu conta. Não quis interromper o movimento de sua salvadora para pleitear seus bens. Era a vida que estava em jogo. Balas e agulhas, se tudo desse certo, poderia comprá-las de novo, noutro dia.

Foi com um puxão um pouco mais forte, então, que ela o conseguiu arrastar para fora do sexto carro.

Eles agora, juntos, entravam no sétimo vagão.

Quando olhou para trás, a porta havia se fechado num ruído ainda maior do que o que fizera quando da abertura. Atrás de si, as duas bandas metálicas chocavam-se uma contra a outra. Dentro do sétimo vagão, todo o trem que havia passado era agora incognoscível. A porta metálica era completamente opaca, mas não importava agora olhar para trás.

Teve ímpetos de procurar o dispositivo magnético que abriria a porta. Chegou a procurá-lo, mas, não o tendo encontrado, relaxou.

Precisava descobrir quem era essa mulher que o havia salvado, mas antes disso, precisava descansar um pouco.

Respirou fundo e aliviado: estava a salvo.

QUEBRASSO

Estava cansado. Os movimentos de deslizar no chão, aliados ao zunido que ainda não o haviam abandonado de todo, fizeram com que se colocasse um pouco de cócoras, recolhendo com os dedos sujos o pegajoso suor que lhe pingava da testa.

Por fim, sentou-se no chão. Observou com cuidado a estrutura do vagão. Era diferente dos outros. Não bastasse a opacidade da porta, tudo nele era como que esmaecido, as cores mais pálidas: só havia cansaço.

Receoso de abrir a porta e ter de encarar novamente a turba, preferiu deixá-la fechada e descansar um pouco. Não teve sequer vontade de abri-la.

A paisagem do lado de fora, agora percebia, era também mais embaçada e de difícil assimilação imediata pelos olhos. Talvez os vidros fossem mais grossos. Podia ser, contudo, que fossem mais finos e superpostos, como as janelas de avião, cujo desenho esquemático havia visto certa vez em uma revista no balcão do Seu Nelson ou em alguma sala de espera (já não lembrava ao certo) e que tinha gravado consigo como algo que, oxalá, lhe pudesse algum dia ser útil.

Era como se as árvores deixassem na sua memória apenas um rastro, traços de tinta verdes e marrons que se alongavam com a velocidade, mas de fato esmaecidos, em tons pastéis, quase em sépia.

Por um segundo achou que talvez lhe aguardasse, próximo, o desmaio. Era um cansaço diferente dos outros esse que sentia.

Uma cãibra vinha por debaixo de ambas as axilas, e era como se o corpo todo quisesse tombar sob o peso dos braços.

A cãibra era como uma espécie de dor que não latejava. Lembrava-lhe que ali estava um corpo, e que este corpo sofreu, sofria e vinha sofrendo.

As mãos negras de unhas pouco cuidadas eram o reflexo de um corpo vivo, porém apático e descrente de si. Um corpo eremita de si mesmo, fugidio, com suas manifestações de existência e de presença sempre relegadas para depois, porque o trabalho, o trem e a tristeza estavam sempre a exigir-lhe a urgência que o fazia fechar os olhos para o corpo, essa estrutura que carregava consigo como um sustentáculo para os braços fortes e musculosos, que o dotavam de aptidão para o trabalho, e também como um apoio e força motriz para a cabeça, que precisava dotá-lo de aptidão para a vida, sublimando as ofensas e as injúrias que vez ou outra lhe eram dirigidas, mas que, não sendo sempre suficiente para processar todas as adversidades pela qual passava, impunha-se o corpo, à revelia de um olhar cuidadoso, o corpo, de vez em quando o corpo, e quase sempre o corpo, tez retinta sobre os ossos e os músculos, terra adubada, o *trec-trec* de um dos joelhos que vez ou outra estalava espontaneamente, o corpo, todas as vezes o corpo, a atravessar-lhe o pensamento, algo que se fazia ser lembrado, picada aberta a facão nas matas das ideias, presença, o que se esquecia constantemente de tomar por si mesmo enquanto o trem passava e passava pelos subúrbios em alta velocidade.

Trec-trec.

Não era o seu joelho.

Um barulho de dentro da composição, nem forte nem sutil, ruído que seu filho ouvisse talvez só com algum esforço.

O trem perde e perde velocidade, talvez só o seu vagão. Teria descarrilhado?

Distraiu-se pensando nas balas que haviam ficado no sexto. Pensou em Eunice e lembrou com carinho de quando deu a ela dois pacotes de bala após chegar de um dia de poucas vendas. Gostava de dar balas aos outros, só hoje foram dois pacotes. Era um homem bom.

Quando deu por si, o trem ia parando devagarzinho. Os traços alongados das árvores se tornavam agora traços menores. Mal se podia vê-los, contudo, porque a visão esmaecida ia dando lugar a uma percepção ainda nublada das coisas, mas agora escura, turva.

O mundo lá fora era como um túnel que escurecia devagar e parava aos poucos. Ia rompendo o curso das coisas, porque, súbito, de uma vez, tudo parara e escurecera.

Só nessa hora ele se deu realmente conta de que, por alguma razão que não sabia apontar, o sétimo vagão estava vazio. E então, como que numa resposta imediata a esse pensamento, sentiu uma mão no seu ombro. Eram dedos longos e ágeis de mulher.

— Não se preocupe, eu estou aqui. — discerniu com clareza a voz da mulher que havia lhe salvado.

MUSEU DOS ERRANTES

— Quem é você?

— Meu nome é Cleo. E o seu?

Ele disse o nome à mulher e perguntou se estava tudo bem com ela.

— Comigo está tudo bem, sim. Você é que quase se machuca mais a sério.

— Por que esse vagão está vazio?

— Olha, não sei. Às vezes, eles deixam o último vagão vazio por causa de alguma manutenção. Não era nem pra rodar com esse vagão, eles usam como um tipo de vagão de emergência.

— Puxa, eu queria muito te agradecer e te dar uma das coisas que eu costumo vender, mas acho que ficou tudo lá no outro vagão, não consegui recuperar nada.

— Fica tranquilo, eu sei como é.

— Sabe nada.

— Sei sim. Também estou nos corres pra ganhar a vida.

— O que é que você faz?

— Ah, você não está lembrando de mim?

Ele olhou longa e interrogativamente para ela por cerca de três segundos. Perscrutara-lhe o corpo de mulher jovem, formosa. Era negra e jovem. Saltava-lhe a visão dos cabelos encaracolados, presos por uma espécie de pano branco que era algo entre uma fita e um turbante. Tinha os olhos negros amendoados que se destacavam do rosto sob o contorno de duas sobrancelhas bem finas, delineadas fio a fio, e contornadas com lápis de olho. O nariz, pequeno e fino, destoava um pouco do rosto: quase lhe caía bem. A boca era grande e bem desenhada, de lábios proporcionais e intumescidos, que ficavam melhores à medida que não se abriam e impediam a visão dos dentes, muito mal cuidados apesar da boa estrutura. O rosto, simétrico, era bem arredondado e parecia se equilibrar por entre os longos brincos de cor laranja que pendiam de suas orelhas. O corpo magro, esguio, coberto por uma camiseta amarela de mangas curtas e um short bem pequeno de cor branca, lhe mostrava que essa mulher era, na verdade, menina-moça, devia estar perto de completar dezoito anos, os seios provavelmente já com o tamanho que levaria pela vida inteira. As pernas, não muito grossas, tinham uma pele túrgida, esbanjando viço. Os pés, com unhas bem-feitas, sustentavam o peso do corpo, mas eles mesmos se apoiavam sobre um par de sandálias Havaianas velhas e puídas, o que, tal como os dentes, carimbava a sua própria imagem como alguém que tinha uma vida difícil, apesar dos cuidados e dos esforços que, no intuito de escamotear a condição, apareciam aqui e ali.

— Não estou me lembrando, não.

— Uns meses atrás, nós nos encontramos no Depósito.

— Não estou lembrado, não.

— Você comprou um quadro comigo, você não se lembra? Acho que era um que tinha umas frutas.

Ele então se lembrou. O Depósito era um bazar de antiguidades que ocorria todos os sábados, em uma praça grande e meio abandonada, em que também se localizava o Museu dos Errantes, que dava nome à estação.

O Museu dos Errantes era um prédio singular na cidade. Pouco frequentado, fruto de um projeto arquitetônico talvez ousado demais para o ponto da cidade em que se encontrava, o museu tinha o formato de uma pirâmide invertida, de teto quadrado, cujo vértice distava cerca de um palmo do chão. A construção era suportada por quatro barras metálicas dispostas de maneira quase perpendicular a cada uma das faces da pirâmide. Para os arquitetos, a estrutura piramidal remetia a certa concepção modernista-socialista, em que as formas geométricas se apresentavam com arestas duras e bem definidas. As estruturas de suporte, entretanto, ainda que contribuíssem para reforçar o aspecto modernista mais duro da construção, posto que metálicas, acabavam por imprimir certa leveza ao projeto, dotando-o de uma aura mais contemporânea e fazendo analogia aos móveis de pés palito.

O Museu dos Errantes era todo de cor amarela por fora e a pintura, francamente desbotada, urgia por manutenção. Entrava-se no prédio por uma escada estreita, a partir da qual se podia atingir os três pavimentos da pirâmide. O primeiro dispunha de uma bilheteria e de uma pequena loja de souvenirs. O segundo e o terceiro, maiores, eram os espaços destinados às exposições temporárias e estavam vazios há um ano.

Do lado de fora, antes da escada de acesso, havia uma placa, um tanto quanto críptica, que explicava o motivo e a natureza do museu:

'Andar pela cidade, flanar despreocupado por entre as avenidas, ruas e vielas. Quem segue apressado pela vida e sempre sabe para onde vai chega ao destino, mas perde os caminhos. A vida é trajeto, errância. Estamos a meio do caminho entre Serzedelo e o Terminal e, para muitos, essa praça é apenas mais uma estação de trem. Em cada estação um nome, em cada nome uma história, em cada história um desvio. Os errantes sabem que os nomes se conectam às coisas de maneira muito frágil, mas não se importam. Nesta praça, este prédio ergue-se como uma ode aos que não puderam vir, mas que, sem dúvida, teriam ficado um pouco mais. O Museu dos Errantes é dedicado aos que chegaram aqui por engano.'

Foi na feira que ocorria na praça em que se localizava este museu, portanto, que ele comprou o único quadro que tinha em casa, e do qual acabava de se lembrar. Todas as vezes em que pensava em quadros e obras de arte, achava que essas coisas ressoavam como algo muito distante: tinha sempre que trabalhar.

— É verdade, está pendurado na minha casa. É um quadro que tem um cesto de frutas mesmo. Toda vez que eu passo por ele fico achando aquelas uvas muito roxas, parece que elas foram pintadas com uma tinta mais forte.

— Mas você gosta dele?

— Gosto sim, você que faz?

— Não, pô. Eu cato.

— Como assim?

— Pego de gente que joga fora. Tô sempre vendo com os garis também pra ver se tem alguma coisa que eles recolheram que possa servir.

— Mas aí você vende direto?

— Não. Eu dou uma limpada no quadro. Costuro se estiver rasgado. Outro dia me apareceram aí com umas tintas e eu até retoquei alguns pra ver se eu vendia mais caro.

— Será que você não retocou as uvas do quadro que está lá em casa, não?

Cleo respondeu entre risadas marotas, mas também com alguma dose de constrangimento, que não se lembrava.

— Você lembra que você tentou me vender um outro quadro?

— Qual?

— Era um quadro que tinha um trem, você não se lembra?

— Não. Olha, sou boa fisionomista e consegui te reconhecer de longe, embora você não tenha se lembrado de mim. Posso te garantir que nunca vendi, para você ou para qualquer outra pessoa, nenhum quadro de trem.

Nesse momento, antes que ele pudesse retrucar, Cleo fechou-se em copas e, com o rosto retesado e o corpo determinado, girou nos calcanhares para abrir com pressa a porta metálica e opaca que a levaria de volta, num átimo, ao sexto vagão.

Ele olhou, pensou em talvez voltar com ela, até mesmo para recuperar os itens que vendia e que se desprenderam do seu corpo na briga com o gaitista.

Mas, quando deu por si, o trem chiou, e as portas se abriram.

ENGENHEIRA VÂNIA

Completou-se uma semana de sumiço. Dizem que quanto mais tempo uma pessoa passa desaparecida, menores são as chances de reencontrá-la.

Tinha duas crianças pequenas e era preciso recomeçar a vida.

Depois de tomar um banho pela manhã, e ainda antes de colocar as crianças para irem à escola, pensou em Kleber, o retratista da delegacia. Ela o vira há alguns dias, mas a desesperança tomara conta de sua vida de tal maneira que não seria capaz de retratá-lo. 'Quem fará os retratos dos retratistas?', ela pensava.

Eunice e João também pareciam se resignar pouco a pouco com o sumiço do pai. Estavam tristes, mas era preciso ir à escola. Era necessário que liberassem a própria mãe para tocar a vida durante o horário escolar, mais do que, de fato, aprender alguma coisa.

Livrara-se dos filhos e, tão logo o fizera, teve um impulso de raiva. E se ele tivesse fugido? Os homens são assim, todos iguais: não honram os compromissos e, quando se veem amedrontados, não encaram o que os faz temer. Os homens, eles fogem. Não seria a primeira nem a última vez que uma mulher se sentiria abandonada com os próprios filhos. Pode ser que essa fosse mais uma situação em que o pai das crianças foi apenas ali, comprar um cigarro sem jamais retornar e sem deixar vestígios.

Tinha de arrumar homem, e rápido. Mulher solteira não é bem-vista, abandonada também não. Mas e o tempo do luto? Passou uma semana, mas seria pouco? Só que ele não morreu de fato. Ficou faltando uma cerimônia de despedida, algo assim, que consumasse o fim da vida e liberasse os caminhos para que outras coisas acontecessem.

Era bonita e viva. Não precisava passar por isso e seu luto era tão mais difícil porque não sabia se passava por uma perda de verdade ou apenas uma fuga. Sentia, então, uma dor, que se misturava paulatinamente a uma raiva com o passar dos dias. Que droga tudo isso!

Prendeu os cabelos ainda molhados e pensou em ligar para o Kleber, como homem e como investigador. Valer-se-ia da mesma ambiguidade com que a história se lhe apresentava.

Antes de ligar, porém, precisava resolver umas coisas na rua: comprar as carnes, que começavam a escassear, e também o biscoito de que Eunice mais gostava. Era preciso tentar fazer um agrado às crianças nessa hora difícil.

Antes que pusesse os pés na mercearia, ainda na calçada, foi interpelada por uma mulher.

— Querida, eu sinto muito.

— Desculpa, nós nos conhecemos?

— Na verdade não. É que eu vi seu marido...

— Como assim? Onde ele está?

— Não foi agora. Eu o vi antes de ele sumir.

— Ah, mas eu posso saber qual foi o contexto desse encontro?

— Calma, não é nada disso que você está pensando, não.

— Alto lá! Calma nada. Você me para no meio da rua, me chama de querida, diz que se encontrou com o meu marido que desapareceu há mais de uma semana e quer que eu tenha calma. Não estou nada calma! Afinal, como é a sua graça?

— Eu me chamo Cleo!

— Se divertiu com o meu marido, Cleo?

— Olha, eu não vim falar com você para bater boca, está bem? Eu só vim dizer que eu o conhecia, e que eu soube do desaparecimento dele através das fotos que colocaram no poste. Foi você quem colocou?

— Fui eu, sim.

— Então, infelizmente, eu não sei do paradeiro dele. Do que consigo me lembrar, eu o vi uma única vez.

— Onde e quando?

— Vai continuar falando assim comigo?

— Desculpa, vou te ouvir.

— Tem alguns meses. Eu vendi um quadro para ele.

— Que quadro?

— Era um quadro com umas frutas. As pessoas chamam de natureza-morta. Nada de mais, umas frutas em uma cesta: uvas, pêssegos, maçãs, peras.

— É o quadro que fica na parede lá de casa.

— Que bom que ele colocou na sala, sinal de que gostou.

— É você que pinta os quadros?

— Mais ou menos. Na verdade, eu recolho os quadros do lixo. Com o tempo, aprendi a retocar as partes mais sujas ou mais velhas. Arranjei umas tintas e eu mesma faço os retoques, assim consigo vendê-los um pouquinho mais caros. Não é muita coisa, pra te falar a verdade, mas eu também fico feliz de vender uma coisa menos feia.

— Eu me lembro do dia em que ele chegou com esse quadro em casa. Parecia feliz. Parece que faz tanto tempo…

— Eu sinto muito. E peço desculpas também por ter te abordado, mas achei que você gostaria de saber. Nessas horas, acho que qualquer lembrança boa deve ser compartilhada.

— Obrigada, de verdade.

Ela chorou algumas lágrimas que pareciam um tanto quanto desgastadas, de um luto que parecia dar sinais de envelhecer, antes mesmo de ter maturado. E, então, abraçou Cleo, bem forte. Mas quando se desfez do abraço, olhou-a mais de perto, fundo, olho no olho. Alguma coisa nela, agora, depois do abraço, denotava um lapso em relação à verdade. Nunca fora uma mulher de grandes intuições, mas sentiu um estranhamento depois de abraçá-la. Perscrutou-a com os olhos, de cima a baixo, e observou o rosto, o colo, as pernas, os pés apoiados em um par de sandálias sujas. Procurou em todos os cantos a verdade, sem sucesso. Tornou os olhos aos olhos de Cleo e, olhando fixa aquela mulher que parecia não querer encarar os olhos que a fitavam interrogativos e impacientes, perguntou:

— Cleo, você tem certeza que não o viu de nenhuma maneira durante a última semana?

Cleo desviou o olhar e virou o rosto para o lado. Era possível ver, sutilmente, que sua pele empalidecia. Restava nela um tom acinzentado que, se não era mais possível de entrever no rosto, se mostrava nos braços e especialmente nas mãos. Quando ela saiu de cena a passos cotidianos, sem correr, via-se que essa cor cinza-chumbo lhe invadia também as pernas, fazendo com que seu calcanhar parecesse uma ruína de estátua de ferro: velhos, sujos e quebradiços.

Cleo só apertou o passo quando, atrás de si, a mulher também o fazia, ora andando mais depressa, ora correndo.

Para quem não tinha notícias do marido, aquele encontro a derrubara. Pensou em correr, em correr muito para alcançá-la, mas Cleo aos poucos ia sumindo na multidão das pessoas que, apressadas, só pensavam em como ganhar a vida nos arredores da estação de Serzedelo.

Antes ainda que pudesse perdê-la de todo em meio aos transeuntes, recolheu as parcas forças que tinha consigo (mas que não seriam suficientes para alcançá-la) para tentar exprimir, então, em um grito tudo o que sentia:

— SIRIGAITA!

PADRE TIMÓTEO LUZIA

Depois que as portas do trem se abriram, seu primeiro impulso foi sair.

Mal chegou à porta, foi impedido por um homem alto, bem alto na verdade, que estava do lado de fora.

— Parado aí!

— Ué, mas eu não posso sair do trem?

— Não, o trem precisou parar para uma manutenção de emergência.

— Como assim?

— É isso o que o senhor ouviu. Infelizmente, não posso liberar a sua saída.

— Mas o senhor poderia ao menos dizer a estação em que estamos?

— Em Serzedelo, senhor.

— É impossível, eu saí de Serzedelo há vária estações. É impossível eu estar de volta a esse mesmo lugar.

— Olhe então o senhor mesmo.

Ele, então, olhou. A estação de Serzedelo se descortinava aos seus olhos como se fosse a primeira vez. Apareciam uma vez mais as pessoas, outras e as mesmas, que transitavam pela estação, apressadas, indo e vindo na ânsia de chegar a algum lugar, alvoroçadas. Entretanto, o brilho das coisas era, em tudo, diferente. A maior das três lanchonetes da estação, que tantas e tantas vezes lhe garantira um salgado e um refresco antes da viagem começar, parecia mais limpa. O chão, apesar dos passos das pessoas, estava também muito limpo e sua superfície parecia mais brilhosa do que o costumeiro, quase acetinada. As colunas que sustentavam a estação, antes da chegada à plataforma, em arco, estavam como novas. Quanto à plataforma, não a conseguia observar em detalhes, posto que estava dentro do trem, mas conseguia enxergar a enorme placa em que aparecia escrito SERZEDELO. Quase conseguia sentir o cheiro de tinta fresca. Mas de tanto olhar a estação, quase se desapercebeu de que estava, afinal, sozinho em um vagão vazio, sem os seus bens de trabalho e sem conseguir sair, barrado por um rapaz tão alto quanto desconhecido, que lhe impedia a passagem sem mais explicações. Decidiu tentar no jeitinho.

— Rapaz, não dá pra eu sair um pouquinho, não? Eu preciso comprar um pastel. Vou num pé e volto no outro.

— Infelizmente, não posso liberar sua passagem, senhor.

— Mas você vai me deixar aqui com fome?

— Ordens superiores, senhor.

Acostumado aos ditames de uma ordem invisível que se materializava em pessoas que lhe impediam de alcançar o que quisesse, ele sabia que esses homens eram intransponíveis, ao menos pelos meios formais. Os seguranças que o seguiam nas lojas, os achaques dos policiais, os guardas que eventualmente apreendiam sua mercadoria e os poderosos de todo tipo a serviço das tais ordens superiores não eram uma novidade na sua vida. Lidar com eles exigia sempre uma dose de submissão maior do que a que dispunha inicialmente, e também um mecanismo sutil e elegante de negociação que, travestido de camaradagem, podia lhe render alguma frouxidão nas cordas e nos grilhões que o prendiam, mas não soltura.

— Será que você não poderia então comprar um pastel por mim, por favor? Eu te dou o dinheiro.

— Não posso sair daqui, porque as ordens que tenho são para não permitir que o senhor saia do trem.

— Que EU saia?

— Digo, para não permitir que ninguém saia do trem, senhor.

— Está bem, mas será que um de nós poderia então pedir para alguém comprar um pastel para mim?

O homem alto hesitou. A proposta parecia válida, e talvez o homem não fosse assim tão insensível.

— Sim, eu vou chamar.

Acenou para um homem aparentemente avulso na estação.

— Escute, você poderia comprar um pastel para o rapaz aqui?

E, virando-se para dentro, emendou:

— Anda logo, dá o dinheiro a ele. Daqui a pouco o trem parte de novo e você fica sem o pastel.

De dentro do vagão, ele quase não acreditou no que vira. Com uma roupa diferente do que havia visto mais cedo, mais limpinho, perfumado até, o rapaz que lhe compraria o pastel era ninguém menos do que o gaitista. Decidiu puxar papo, apesar da impaciência do rapaz alto, que assistia à cena.

— Ei, você não está lembrado de mim?

— Estou sim. Você vende balas aqui no trem sempre, claro que lembro.

— E você toca gaita, né?

— Tocava. Parei de tocar gaita há mais ou menos uma semana.

— Por quê?

— Os guardas estão multando a gente. Não precisa nem estar tocando, só de ser pego com o instrumento, eles já multam.

Virando-se para o guarda, emendou:

— Oh, pode procurar aqui, tô sem instrumento nenhum.

O gaitista tornou ao homem dentro do trem:

— Rapaz, tá ficando difícil de trabalhar no trem, viu?

— Eu sei. Mas você está bem?

— Como assim?

— Ué, a gente quase saiu no tapa hoje mais cedo. Eu me machuquei, por pouco não apanhei, perdi mercadoria. Não sei nem como é que você conseguiu chegar aqui antes de mim.

— Acho que você está me confundindo, cara. Eu acabei de chegar em Serzedelo, vou começar o dia ainda.

— Você não se lembra que a gente já se falou hoje mais cedo? Não é possível isso!

O guarda interrompeu:

— Ei vocês dois aí! Podem parar com isso. Você vai querer o pastel ou não vai? Anda, vai logo lá comprar, porque a daqui a pouco o trem vai partir.

O gaitista pegou o dinheiro e saiu para comprar o pastel. Embora a maior parte da lanchonete pudesse ser vista de dentro do vagão, o caixa onde se retiravam as fichas ficava em uma espécie de esquina da loja, fora do campo de visão. Uma vez que o gaitista dobrou essa esquina, entretanto, não foi mais visto.

Quase dez minutos se passaram e, mais uma vez, ele decidiu quebrar o silêncio com o homem alto.

— Poxa, sacanagem. Levou meu dinheiro quase todo, eu não ando com muita coisa, não... Você acredita que eu já discuti com esse cara hoje mais cedo? Daí, achei que podia confiar agora, e ele me leva tudo... Brincadeira!

— Você deu mole, cara!

— Pô, você não me liberou para que eu fosse comprar.

— Agora vai ficar com fome.

De dentro do trem, absolutamente impotente, sua voz e todo seu jeito de se comportar se infantilizavam:

— Poxa, deixa eu ir lá!

— Olha, nem que eu quisesse. O pessoal da manutenção liberou o trem. Ele já vai partir.

Mal o rapaz alto terminara de falar, as portas chiaram uma vez mais, se fechando.

Olhando para fora, antes que o trem começasse a andar, pensou que talvez tenha negociado mal com o rapaz alto. Não perguntou de onde viera tal autoridade: se era funcionário da companhia de trem, se era o maquinista, se era um segurança, um técnico de manutenção. Reparou apenas que ele era alto, e isso já foi o bastante para que, fragilizado, ele se amuasse, sem se predispor a avançar.

Acabou notando também que ele estava uniformizado: não conseguiu, contudo, estabelecer, pelo uniforme, uma ligação deste ao trabalho exercido pelo homem. Mas, sim, era verdade que estava a serviço de outrem. O uniforme corroborava a afirmação de que estava ali para cumprir ordens, as famigeradas ordens superiores.

O trem começava lentamente a andar e ele então pensou que deveria saber ao menos o nome do homem alto, que essa informação de alguma forma poderia lhe ser útil.

Já ganhando velocidade e vendo a estação de Serzedelo aos poucos ficar para trás, conseguiu identificá-lo. Costurado na camisa, na altura do peito, foi possível ver num último relance o nome do homem alto que já quase se confundia com os borrões em que a estação se consumia.

Ele se chamava Kleber F.

GAGANÁPOLIS

— Alô. Boa tarde. Aqui é da Delegacia de Serzedelo.

— Alô.

— Recebemos uma informação de que alguém parece tê-lo visto. É a esposa dele que está falando?

— Não, aqui é a Eunice.

Nesse momento, a filha grita para a mãe:

— Mãe, parece que encontraram o papai!

— Dá esse telefone aqui, minha filha!

— Pois não?

— Alô, aqui é da Delegacia de Serzedelo. Recebemos uma informação de que alguém parece tê-lo visto.

— Meu Deus, mas onde?

— Na própria estação de Serzedelo, senhora.

— Meu senhor, eu estou indo para aí agora.

— A princípio, não precisa, senhora. Ele não foi encontrado.

— Mas como assim? O senhor me liga pra dizer que alguém viu o meu marido, mas não encontrou?

— Pois é. Ele trabalhava no trem, certo? Quem entrou em contato com a gente foi um rapaz que trabalhava lá também. Agora parece que estão proibindo. Ele se apresentou para nós como Telé e disse que trabalhava tocando gaita nos vagões.

— E o que ele disse?

— Disse que viu o seu marido dentro do trem ontem, mas que ele se recusou a sair, com medo de perder a viagem. Por esse motivo, seu marido teria pedido ao tal de Telé que comprasse um salgado e um suco para ele na lanchonete principal da estação. O gaitista recebeu o dinheiro e, segundo suas próprias palavras, tentou atender ao pedido o mais rápido que pôde. Mas, quando voltou ao vagão, o trem tinha acabado de partir e ele não o viu mais.

— Ele sabia que o meu marido estava desaparecido?

— Sabia, por isso pediu para que ele saísse do trem.

— E ele não saiu?

— O Telé disse que o seu marido afirmou que não podia sair naquele momento.

— Mas por que você só está me ligando hoje, no dia seguinte? Eu poderia ter corrido até a estação de Serzedelo e ver para onde tinha ido o trem em que ele estava. Por que só hoje?

— Só hoje que o Telé depôs, senhora. Ele esteve aqui pessoalmente para nos contar a história, e nós estamos entrando em contato tão logo soubemos.

— Mas por que ele não foi ontem mesmo dar o depoimento? Caramba, é uma pessoa desaparecida há uma semana. E ele deixou ir assim, sem mais nem menos?

— Senhora, não sei por que ele só veio hoje, mas provavelmente ele precisava trabalhar. É um esforço grande se deslocar das tarefas do dia a dia para vir depor em uma delegacia.

— Esforço? Ora, não me venha você falar de esforço. Eu fiquei aí por duas horas para conseguir ser atendida. E ainda dei sorte, porque tinha uma moça que estava grávida e que não teve nenhum tipo de atendimento especial. Quer mais esforço do que isso? Eu estou aqui há uma semana sem ter o meu marido, o pai dos meus filhos. Eu estou me virando aqui sozinha para colocar as crianças na escola e me virar com esse tipo de luto estranho, porque nem enterrar o meu marido eu consegui. Eu já estava me acostumando à morte dele, agora você vem me dizendo que ele está vivo? — ela se exalta e, permanecendo na linha, começa a gritar: — E você quer me falar de esforço? Eu não quero falar de esforço, delegado. Eu quero que você faça esse esforço, de vir aqui viver a minha vida pra ver se você dá conta.

— Eu lamento, senhora.

— BANDIDOS! Vocês são bandidos, acharam o meu marido e não querem me dizer. Assassinos! Assassinos! BANDIDOS!

— Senhora, eu entendo que seja muito difícil tudo isso, mas peço que a senhora mantenha o respeito.

Ela começa a chorar, copiosamente:

— Está muito difícil para mim. Eu não aguento mais. Ontem mesmo encontrei uma mulher na rua que dizia ter encontrado o meu marido, mas era outro alarme falso.

— Que mulher, senhora?

— Não me lembro o nome dela. Mas ela disse que o tinha visto há muito, muito tempo. Que tinha vendido um quadro a ele, com umas frutas. É o único quadro que temos em casa.

— Você não se lembra do nome dela?

— Aquela mentirosa! Acabei de lembrar, ela disse que se chamava Cleo.

— Senhora, vou adicionar isso ao dossiê de busca do seu marido.

— Mas isso não é importante. Ela disse que o encontrou antes de ele ter desaparecido.

— Eu sei, mas há um outro detalhe que torna necessária essa inclusão. É este quadro. A senhora teria disponibilidade para me encontrar hoje?

— Claro, posso estar em breve aí na delegacia.

— Acho melhor nos encontrarmos na estação de Serzedelo. É possível para você?

— É sim.

— Em uma hora e meia na estação?

— Sim, consigo estar lá.

— Até já.

— Até.

Tão logo desligara o telefone, se perguntou por que havia aceitado esse encontro. Era algo que não deixava muita margem para pensar, e uma hora e meia era muito pouco tempo. Por sorte não tinha levado as crianças à escola, o que a liberava do compromisso de ter de pegá-las perto da hora em que havia aceitado se encontrar. Por outro lado, ia ter de pedir ajuda a alguma vizinha ou a alguém de confiança para que ficasse com elas. Mais um pouco e Eunice já poderia tomar conta de si mesma e do irmão.

Mas por que aceitara se encontrar fora da delegacia? Isso era razoável? A verdade é que não havia dado intimidades ao delegado nem a ninguém para que marcasse algo fora dos protocolos. O ímpeto de resolver as coisas logo de uma vez aliado a uma vontade de não discutir com as autoridades fez com que aceitasse esse convite um tanto quando esquisito.Mas sabia, no seu íntimo, que não era só isso. Alegrava-se secretamente com a possibilidade de se encontrar com um homem: a vida permanecia dando mostras de sua continuidade. Esta alegria era tão mais secreta quanto mais se aventava a possibilidade de que seu marido pudesse, afinal, estar vivo.

Não tinha muito tempo para pensar. Colocou uma roupa bonita. Olhou-se no espelho e se sentiu desejável. Pensou em vestir uma blusa mais decotada, mas percebeu que seria um erro: poderia ser lida como depravada, como vulgar.

Armou os cabelos crespos o mais que podia. Na boca, um batom rosa, com algum brilho. Preferiu não forçar muito na maquiagem. Usou um delineador discreto nos olhos. Escolheu um perfume que não era o seu preferido: nem o de cheiro mais intenso, nem aquela colônia de alfazema que o marido dizia sempre detestar, pois o fazia lembrar da própria mãe. Toda a escolha da imagem de si mesma que fizera para esse encontro, apesar de ágil e breve, foi feita de maneira pensada, quase calculada. Era uma imagem de equilíbrio, entre o recato da viuvez e a sutil sedução de quem já superou o luto. Sua figura estava sendo construída de modo a que, acontecesse o que acontecesse, pudesse alegar um mal-entendido e dar um passo atrás.

Vendo que a mãe se arrumava para sair, Eunice perguntou:

— Mãe, acharam o papai?

— Não, filha. Não acharam. Mas é que eu preciso ir à rua resolver umas coisas.

A essa altura, Eunice não se iludia mais com a ideia de que o seu pai fora fazer uma viagem. Tendo acompanhado de perto os movimentos da mãe nos últimos dias, não foi difícil entender que o pai estava mesmo desaparecido.

— O moço do telefone disse que encontraram o papai.

— Era mentira, minha filha. Eles pensaram ter encontrado, mas não encontraram não.

VERNIZES

Quando o trem deu a partida, a estação de Serzedelo começou a desparecer lenta através da janela. Era um trajeto que já conhecia muito bem. Serzedelo — Capital — Santa Paz — Triganã... O comboio muito em breve estaria avançando, pegando as gentes, largando as gentes: veia e artéria da cidade nos embarques e desembarques.

Acumulavam-se os problemas. Via-se sozinho, sozinho. Machucado, sem instrumentos de trabalho, sem que lhe fosse permitido sair em Serzedelo.

Ao menos a tal manutenção que impedira a sua saída deve ter sido feita, afinal o trem partira. Decidiu que desceria na estação Capital. Voltaria andando até Serzedelo, umas dez quadras. Cortaria caminho pela Rua Prefeito Magro. Uma vez na estação, comeria afinal o salgado que o desgraçado do gaitista lhe roubara.

Mas com que dinheiro? Tinha de se haver também com isso: estava de bolsos vazios, sem nenhum trocado. Essa manhã, já perto do meio-dia, perfurava-lhe o corpo. Que manhã demasiado longa, pensara, enquanto arquejava de fome e a barriga roncava ao mesmo tempo em que o sacolejo do trem se fazia sentir sobre todas as coisas: seu corpo, sua fome, sua vontade de chegar em casa e os bancos vazios do trem que lhe garantiam uma viagem estranhamente solitária.

Pensou ainda que talvez não desse para comprar o salgado em Serzedelo. A menos que pedisse dinheiro. Sentia muita fome, mas dava para aguentar. Em toda a sua história difícil de vida, sentia-se honrado em jamais ter pedido dinheiro na rua. Sentia a mendicância, ainda que experimental ou temporária, como uma espécie de limite moral, um penhasco do qual, uma vez tendo escorregado, permaneceria em queda para sempre, sem possiblidade de retorno.

Uma coisa assim inviolável, a honra e o amor dos homens avulsos, pedras de toque da construção da vida. Por honra não pediria o dinheiro, e por amor aos filhos e à mulher iria logo para casa: em breve chegaria à Capital, voltaria a pé, sentiria o frescor da rua. Fazia calor, naturalmente, mas não era abafado como dentro dos trens. Mesmo nos vagões com ar condicionado, o sistema sempre pifava, não dava vazão.

Era perfeitamente possível então esperar chegar em casa. Era o tempo de descer a Rua Prefeito Magro no sentido oposto ao dos carros e passar pelas barracas dos camelôs que tinham conseguido o alvará da prefeitura para expor no Quadrilátero do Prazer.

Sempre achara esse nome engraçado. A despeito de uma possível primeira impressão, não se tratava de um lugar de venda de produtos sexuais ou eróticos. Começou no final da Rua Prefeito Magro, já perto da Capital, há uns vinte anos. Eram uns três ou quatro que vendiam frutas e verduras na calçada.

Um prédio de cinco andares, ao lado das barracas, pegou fogo. Foi aquele deus-nos-acuda, mas passou. Não havendo condições adequadas para moradia, os antigos habitantes foram embora. Ainda assim, a construção permaneceu de pé. Entraram com processo na justiça para reaver parte do dinheiro, mas só aqueles que tinham seguro conseguiram alguma coisa e, mesmo assim, nada que se comparasse ao tamanho da perda. As causas do incêndio permaneceram desconhecidas.

Poucos meses depois, esses três ou quatro camelôs ocuparam o térreo do prédio e passaram a vender as suas frutas do lado de dentro. Rapidamente, começaram a se juntar outros vendedores: primeiro, os de temperos. Depois, os de biscoitos caseiros. Vieram os de pano de prato, os de utensílios metálicos para cozinha, os de material para costura.

Aos poucos, as vendas no térreo começaram a ficar um pouco mais sofisticadas: chegaram os vendedores de chá, sabonetes artesanais, produtos para cabelo. Só na última leva, contudo, é que chegaram os produtos mais caros: cogumelos, azeites importados, orquídeas, suplementos alimentares, biomassas para produtos vegetarianos etc.

O nome, Quadrilátero do Prazer, ninguém sabe como surgiu, mas, apesar de longo, pegou. Essa espécie de mercado informal caiu no gosto da população e trouxe à Rua Prefeito Magro um aumento do movimento, bem como os primeiros sinais de gentrificação.

Quando a prefeitura falou em demolir o prédio foi um alvoroço. Os comerciantes se mobilizaram, disseram que era um espaço plural, começaram a usar jargões de que a cidade precisava se reinventar. Falaram dos urbanismos e dos coletivos, do conceito da *smart city*, das cidades criativas, do *urban hippie yuppie hype hipster lifestyle* da Rua Prefeito Magro.

Por fim, conseguiram. O prédio foi demolido, mas o mercado continuaria existindo no espaço ocupado pela antiga construção. Ainda que já houvesse um contrato prévio com empreiteiras de olho na região, a prefeitura entendeu que seria mais prudente manter em funcionamento o Quadrilátero do Prazer, afinal, era ele que fazia com que a região se valorizasse. E que, uma vez mantido, os terrenos adjacentes poderiam ser negociados a um preço melhor.

Deram a cada um dos vendedores um alvará permanente de funcionamento para que fosse usado dentro de três meses, quando o Quadrilátero do Prazer entraria em funcionamento já em sua nova forma. Não deram, contudo, um meio de subsistência para os ocupantes do local, que ficaram três meses destituídos de seus proventos.

Os mais remediados conseguiram se segurar por esse período sem renda, mas não foi possível para todos. Os primeiros ocupantes, os três ou quatro que vendiam frutas, estavam entre eles. Não lhes restou outra solução a não ser vender os próprios alvarás. Ao fazerem isso, ficaram alijados de toda a pujança vindoura que o Quadrilátero do Prazer apresentaria.

O espaço foi sendo, então, ocupado, gradativamente, por todas as categorias já mencionadas e outras, em um processo que ainda não tinha de todo cessado porque, depois deles, continuaram a chegar as donas de brechó, os confeiteiros de doces franceses, os vendedores de perfumes de essências naturais, os terapeutas holísticos.

Como resultado, o Quadrilátero do Prazer, e por conseguinte, a Rua Prefeito Magro foram ficando mais ricos e mais brancos. Essa é a forma que a gentrificação opera.

E, por mais que ele pensasse, enquanto programava seu passeio pela Rua Prefeito Magro, que poderia estar ele, ali, expondo seus produtos no Quadrilátero do Prazer em vez de vender bugigangas no trem, a verdade é que dificilmente poderia.

Ele se ressente de ter dado ouvidos a um conselho de última hora, quando ainda era bem jovem e começava a dar os primeiros passos para trabalhar. Um colega de rua disse que ele não deveria montar barraca no prédio que tinha pegado fogo. Disse que era arriscado, que os guardas, mais dia, menos dia, iriam entrar ali tocando o terror, apreendendo tudo. A vontade que tinha de montar uma barraca nas ruínas do prédio da Rua Prefeito Magro, então, também se arruinava. Era um jovem negro vivo, viçoso, nos primeiros passos da vida em direção ao que projetava vir a ser, longe da casa dos pais. Vivia seus paradoxos por ser homem, por ser jovem, por ser negro. Portanto: era destemido, mas tinha muito medo.

Acatou a sugestão, não montou barraca e acabou parando no trem. Viveu sempre uma inveja dos que trabalhavam no Quadrilátero do Prazer, mas, ainda que tivesse bancado as próprias vontades e mandado às favas os argumentos pessimistas do colega, o mais provável era que tivesse se desfeito do alvará, a custo bem baixo, já nos primeiros quinze dias de interdição.

A vida, por seu próprio rumo, seguiu. Fora da festa, da pompa e da sofisticação, restou a ele, no trem, calor, disputa e achaque.

Tudo isso o fez ponderar que talvez, ao chegar à Capital, ele descesse pelas ruas menores em vez de passar pela Rua Prefeito Magro e ter de lidar com aquele mercado enorme que alterava o espírito, mas sobretudo, a cor da rua.

Enquanto pensava no que fazer quando chegasse à Capital, percebeu que a composição, entretanto, tomava um novo rumo. Entre Serzedelo e a Capital havia um momento em que o trem reduzia a velocidade, pois a malha ferroviária se adensava em várias bifurcações.

A multiplicidade dos caminhos, todavia, era sempre uma ilusão da escolha.

Essas bifurcações não eram utilizadas normalmente no transporte de passageiros do ramal de Serzedelo, que perfazia um total de vinte e nove estações. Esses trilhos, desativados, levavam a partes esquecidas da cidade e, na maior parte das vezes, eram trechos de ferrovia que acabavam de maneira abrupta, como se os operários da estrada de ferro, quando a estivessem construindo, subitamente se cansassem ou, por puro diletantismo, desistissem. O que poderia ocorrer também é que esse desvio do caminho natural, por trilhos nunca dantes percorridos, levasse a estações de manutenção.

O que não contava era que, após o desvio da ferrovia e a constatação de que o trem não se dirigia à Capital, houvesse um túnel.

O trem como que mergulhara numa espécie de subterrâneo e assumia ares de metrô.

As luzes permaneciam acesas, o trem seguia seu curso, mas havia uma sensação de escuridão durante a viagem. Dentro do túnel, as paredes eram todas escuras, e o trem avançava lento. Havia por vezes alguns barulhos metálicos, ruídos de garras arranhando vidros, garfos roçando em pratos de porcelana.

O sacolejo de seu vagão diminuía, e, embora as paredes do túnel fossem todas muito parecidas entre si, a impressão é que a composição vinha paulatinamente abrindo mão da velocidade, como se, tal como os trilhos que pudessem acabar de maneira abrupta, também o trem quisesse descansar, ou quem sabe desistir.

Mas não parou por um momento sequer. A velocidade da composição diminuía a ritmo constante: a cada segundo uma nova redução na marcha, uma lentidão, um avanço a contragosto.

Era um homem de brios, corajoso. Não era de sentir medos, mas pela primeira vez sentiu uma espécie diferente de inquietação: na verdade, era mesmo um medo agudo, que lhe paralisava aos poucos os movimentos e fazia o coração bater muito acelerado.

As batidas do seu coração, ritmadas, iam acelerando, em um movimento oposto ao da velocidade do trem.

Esse medo o fez ter uma vontade súbita de gritar, mas não havia por que gritar, para quem gritar: estava sozinho no sétimo vagão e a porta que o levaria de volta ao sexto, opaca, era como uma espécie de muro, barreira que se erguia intransponível, ponto de não retorno.

Pensou, uma vez mais, em ir lá e abrir a porta e finalmente perguntar às outras pessoas se elas não achavam estranho que o trem pegasse esse caminho absolutamente fora de qualquer rota conhecida, entrando em um túnel escuro, perdendo velocidade como quem sente a vida esmaecendo.

Talvez encontrasse aquela moça, a Cleo, talvez o gaitista, talvez todos os outros.

Andou até a porta e quando pensou em fazer força para abri-la, teve como que um pressentimento, e não era lá disso, mas sentia uma coisa que era um pouco mais do que um medo, um receio talvez, algo assim difícil de dizer.

Suava frio, olhava para a porta e pensava se devia ou não abrir. Claro que devia! O trem só estava indo para a estação de manutenção, e todos olhariam para ele como se fosse um completo estúpido e trocariam sorrisos cúmplices entre si num refinamento sórdido da prática de rir e apontar, mas, ora, é claro que é uma manutenção, como poderia ser outra coisa, ora, nunca te calhou de entrar no trem que segue para manutenção, olha, sinceramente, quantos anos você trabalha aqui no trem para nunca ter passado por esse túnel, olhe lá, rapaz, você deve olhar mais por onde anda, perceber mais os lugares, o senhor tem filhos, hummm, dois filhos, hummm, um filho e uma filha, olha, se o senhor quiser dar uma boa educação para eles tem de perceber melhor as coisas, agora o senhor vem aqui, abre essa porta, começa a gritar, está chorando e suando frio como uma criança amedrontada perguntando o que é que está acontecendo, olha, meu senhor, francamente, é uma vergonha que o senhor faz aos seus meninos, passar por esse papelão aqui, ora, vamos, tenha compostura, venha cá, cadê aquela moça, o nome dela como que é, venha cá, Cleo, devolva por favor as bugigangas do rapaz, que ele parece que veio aqui só para atrapalhar, anda, vai, anda, vai logo, isso, ó, pega aqui as suas coisinhas, bom trabalho pro senhor, aqui nesse vagão ninguém quer comprar nada não, tenta de repente no outro, aff, essa gente, olha, francamente, mas olhando assim o senhor até que é bem-apessoado viu, de repente colocando uma roupa um pouco melhorzinha, colocando um aparelho nesses dentes aí, sei não, o senhor podia acabar trabalhando ali na Prefeito Magro, não sei se no Quadrilátero do Prazer porque podia acabar acontecendo, como te explicar, de o senhor acabar afastando um pouco a clientela, mas tem outros espaços legais ali na rua onde tem umas pessoas mais assim, do seu jeito, sabe, não sei bem como te dizer, mas é melhor você se cuidar um pouco mais, sempre melhora né, sabe, boa aparência é uma coisa importante, estou te dizendo essas coisas é pro seu bem mesmo, tem que ter boa aparência e olhar bem por onde anda, rapaz, agora, ande, vá, ande, homem, que eu não tenho o dia inteiro para ficar lhe dando explicações.

Mas é claro que não devia abrir a porta. Talvez todos tivessem descido em Serzedelo e não houvesse mais ninguém. Podia ser que ele estivesse sozinho, não só no sétimo vagão. Talvez só houvesse ele dentro do trem, e por mais que gritasse, esperneasse, o mais alto que pudesse, com todas as forças, não adiantaria de nada porque ele era um homem só, solitário, alijado de todas as coisas que um dia sonhara para si: o trabalho na Rua Prefeito Magro, mesmo o trabalho precário no próprio trem, e agora as suas mercadorias, e até o seu dinheiro, e a sua família, e também a sua dignidade, e mesmo a sua coragem, e a honra, ah, a honra, e, por fim, até o amor, ah, mesmo o amor.

Talvez não lhe restasse nada enquanto o trem fosse avançando cada vez mais lento por dentro do túnel, e, para não ter de lidar com a humilhação de encontrar o sexto vagão cheio nem com o desespero de encontrá-lo vazio, reuniu sua sensatez em caquinhos para tomar a decisão de não abrir a porta.

Era um homem alquebrado.

Cerca de sete minutos se passaram dentro da escuridão até que ele viu a luz.

Pode ser que não tenha percebido o trajeto da composição enquanto se perdia em pensamentos e desesperos, mas para seu mais completo espanto, ao olhar para a paisagem que se descortinava devagar à medida que a luz ia entrando pelas janelas, o trem parecia chegar a algum lugar.

Inacreditavelmente e pela terceira vez na mesma manhã, o lugar que se colocava à sua frente era a estação de Serzedelo.

DESVIO DE DULCE

À hora marcada, ela chegou ao local combinado.

Eram onze horas da manhã e a estação de Serzedelo estava mais vazia do que o costumeiro. Não costumava passar ali àquela hora. Às onze o vazio da cidade se explicava pela produtividade da vida, que corria a toque de caixa nos escritórios, nas agências bancárias, nos camelôs. Às onze todos já chegaram ao trabalho e ninguém ainda parou para almoçar. A rua está cheia de pessoas que respondem apenas pelos seus próprios desvios: não são os caminhos de todos os dias.

Por aí, andando, nas proximidades de Serzedelo, estavam: os que procuravam emprego; estudantes de horários tortos em cujas grades havia espaço para um jogo de cartas; mulheres indo ao médico; homens que saíam com amantes, ou com acompanhantes pagas, ou sem ninguém, enquanto suas mulheres iam ao médico; médicos que saíam para dar uma volta perto do consultório entre uma consulta e outra; pessoas que iam ser atendidas por psicólogos e que chorariam durante a sessão; pessoas que iam ser atendidas por psicólogos e que se questionariam, *a posteriori*, por que não haviam chorado durante a sessão; contínuos, motoboys e *couriers* — variações sobre o mesmo tema da evolução natural do moleque de recados que precisa se equilibrar na corda bamba das entregas de documentos importantes para pagarem seus salários ao final do mês; os que saíram para alugar apartamentos desejando ter dinheiro para os comprar; as mulheres, e cada vez mais também os homens, que saíam em busca de legumes e verduras para cozinhar o almoço já com algum atraso; os taxistas que conversam entre si no ponto enquanto o movimento de passageiros permanecia baixo; os pais que tiraram o dia para passear de verdade com os filhos e filhas, ainda que usem esse passeio como moeda de troca, *a posteriori*, com as mães, nas discussões de guardas e pensões; os bombeiros gasistas e técnicos de televisão a cabo, e também os técnicos de computador, e os eletricistas, que chegarão em breve para o serviço que foi agendado, de forma genérica, para a parte da manhã; as crianças de braços quebrados, que deixaram de ir à escola para fazer uma reavaliação de suas tipoias com as mães (que estão, como sabemos, a caminho do médico), ou de seus pais (que negociarão este momento quando discutirem a pensão alimentícia da prole); eventualmente também as crianças de braços quebrados que são filhos e filhas de médicos e médicas e que, por uma estranha coincidência, estão e não estão com os seus pais, que estão e não estão uns com os outros, e que se preocupam e se despreocupam de si mesmos e dos filhos, que permanecem com os braços quebrados; os padres, de quem pouca gente sabe o que lhes ocorre fora dos horários das missas; os manifestantes que chegaram mais cedo para agitar os transeuntes e alertá-los para o grande evento sociopolítico que teria a intenção de parar o entorno da estação de Serzedelo por volta do meio-dia, mas que, contudo, terá um baixo grau de adesão; os comissários de bordo, que têm um amor em cada aeroporto e finalmente aproveitaram a parada na cidade natal para visitar a própria mãe; os jornalistas, em busca do novo, mas encontrando sempre o velho e a modorra dos dias; as mulheres que marcaram encontros secretos com delegados de polícia, e, entre elas, uma mulher, que marcou um encontro secreto com delegado de polícia, mas com um deles em especial. Uma mulher que marcou um encontro secreto com um delegado de polícia fora da delegacia, mas que acabou por encontrar também, sem que pudesse imaginar, um retratista, de maneira que ambos a olharam de cima a baixo quando a viram chegar por causa de sua roupa, talvez mais decotada, talvez um pouco mais ousada do que quando a viram pela primeira vez, ao passo que ela também os olhou de volta quando foi olhada, flébil, fugacíssima, verdadeiramente em dúvida se deveria estar ali, daquele jeito, naquele encontro, para ouvir as notícias do marido que sumira provavelmente ali mesmo, na estação de Serzedelo, em que se encontravam todos às onze horas, esse horário, afinal, do trânsito dos desviados dos caminhos, mas a verdade é que o entorno de Serzedelo estava cheio, muito cheio às onze horas da manhã porque parece que os caminhos são feitos é para se desviar deles, e a vida acontece mesmo é nesses interstícios.

Foi um encontro mais complexo do que a ligação mais cedo havia predito. Ante à estupefação de encontrar em Serzedelo não apenas o homem com quem havia marcado, mas também Kleber, o delegado tratou rápido de tranquilizá-la. Disse que não se lembrava de um caso em que a conjuntura de resolução havia mudado tanto e tão rapidamente em poucas horas, de forma que era necessário que Kleber estivesse também ali presente, para compartilhar com ambos as novas informações.

Quando ela perguntou sobre a questão dos quadros, que foi o que de fato a trouxera até ali, ouviu de maneira polida, mas firme, que essa questão perdera importância. As pistas sobre os quadros e sobre a Cleo (que jamais foram compartilhadas com a mulher do desaparecido, nem pelo delegado e nem por Kleber) parecem tê-los levado a uma espécie de ponto cego e teriam colaborado, em teoria, mais para desviá-los do caminho do que para persegui-lo na direção correta.

A notícia importante que os levava, todos, a esse encontro, era a que Kleber trazia. Ele disse, para espanto da mulher, que vira o seu marido nesta mesma manhã, horas antes.

A mulher quis gritar, estava com os nervos à flor da pele e a pele à flor dos nervos. Sentia-se enredada em uma estranha teia de acontecimentos em que as pistas apareciam e desapareciam sem que nunca chegasse verdadeiramente perto de resolver o sumiço do marido.

Era como se o mundo estivesse o tempo inteiro a encontrá-la, e o destino, como um vaga-lume, vez ou outra acendia uma luz aqui ou uma luz acolá, e então, ela se virava para a luz, e o vaga-lume apagava e ela sentia um beliscão no lado que se lhe obscurecia. Sentia como se tudo no mundo a atiçasse o tempo inteiro, e, como resposta, seu corpo fremia em uma espécie de decaimento da moral em que se levantavam os desejos sexuais, alguns até há bastante tempo adormecidos, e lhe marejavam os olhos, raivosos e clementes, em busca de um colo em que pudesse repousar só um pouquinho dessa dor amarga, um colo de homem, um colo forte de homem ou um colo de mulher, colo doce de mulher, colo velho do útero da sua mãe, colo do útero da mãe dos outros, colo de seu próprio útero, o colo tenro dos filhos, o colo dos bichos, o coração do cachorro que pulsa mais rápido que o nosso até que ele se retorça e se desvencilhe de nós e vá cuidar de sua própria vida. Até o colo insensível e insensato dos gatos, o colo da preta velha que lhe aconselhasse e lhe passasse a mão pelos cabelos e lhe dissesse que vai ficar tudo bem, que ele já, já volta, que vai ficar tudo bem, um colo, um colo, um colo em que pudesse chorar, chorar, chorar, mas aí, de novo, a luz piscava, e era outro beliscão, e mais um, e outro, e então decidiu que não mais choraria, e que teria sempre uma placidez ao encarar os fatos, e que não criaria expectativas, e que seria forte, séria, dura, tenaz, mas hoje, você o viu hoje, foi isso? Foi hoje? Agora há pouco? Horas antes de vir para cá? Poucas horas? Hoje pela manhã? E ela, então, chorou copiosamente por longos dez minutos na estação de Serzedelo, ao que os homens permaneceram impávidos, colossos sobre os quais ela não se escorou, e que também não caíram sobre ela, e que não a abraçaram, nem a defenderam, nem a sentiram, nem a ouviram, nem a entenderam, nem unhas, nem dentes, nem nada.

Após os dez minutos em que chorara sozinha, os dois homens se entreolharam e, como que concordando na atitude correta a tomar, um deles a dirigiu a palavra:

— Você quer um copo d'água?

— Não, obrigada!

E com a recusa, percebeu, então, que não poderia parar por ali. Que deveria tentar manter a calma, a seriedade e seguir com o curso da conversa.

— Eu quero que vocês me digam como o encontraram, e por que não o trouxeram para cá.

— Senhora, seu marido estava dentro do trem. Ele parecia um pouco cansado e apresentava algumas escoriações leves no corpo.

— Como assim, escoriações?

— Ele estava um pouco ferido e arranhado, mas não parecia ser muito grave.

— Então deixa eu ver se eu estou entendendo: O Telé se encontrou com ele ontem, você o viu hoje... Todo mundo se encontra com o meu marido menos eu. Devo estar louca, né?

— Olha, pode ter sido uma coincidência, mas a senhora tem razão: ele foi visto ontem pelo Telé, e hoje por mim.

— Eu tenho razão de quê? De estar louca, é isso?

— Não, senhora. De nós dois termos visto seu marido. E a resposta dele foi muito parecida para ele e para mim. Ele simplesmente não quis vir.

— E nenhum deles conseguiu tirá-lo do trem, né? Tudo bem que meu marido é um homem forte, mas, sinceramente, vocês são uns fracotes, hein...

— Eu tentei, senhora. Fiz de tudo. Disse que a senhora o procurava incessantemente e que o sumiço dele tinha virado um caso de polícia. Que o rosto dele estava afixado nos postes pela vizinhança e que muitos queriam saber o seu paradeiro. Tentei de tudo, mas ele permaneceu dentro do trem.

— Impossível ele ter se recusado! Você falou das crianças?

A conversa seguia, basicamente, entre a esposa do desaparecido e Kleber. O delegado ora parecia prestar atenção, ora se distraía. Os olhos pareciam voar longe, enfastiado por uma conversa que, a ele, parecia pouco produtiva. Era mais uma das tantas e tantas conversas, dentro de tantos e tantos casos. 'Um trabalho cacete!', pensava, como pensam quase todos os que têm de trabalhar. 'Mas são os ossos do ofício', arrematou de si para si, num clichê pouco criativo, mas que servia para justificar a ele próprio por que simplesmente não os abandonava e ia embora, de volta para a delegacia, ou até mesmo para casa.

Kleber prosseguiu, respondendo à mulher.

— Falei, de maneira muito genérica, da família que o aguardava. Falei em particular do seu empenho com as buscas, e da sua vontade de encontrá-lo.

— E mesmo assim ele não quis sair?

— Nós tentamos de tudo, mas ele se recusou e disse que ninguém o tiraria de lá.

— Mas caramba! O senhor não é da polícia? Pelo amor de deus, você deveria tê-lo retirado à força!

— Eu não posso, senhora. Eu não tenho um mandado para trazê-lo.

— Mas não é possível uma coisa dessas!

— Eu não sou policial. Minha responsabilidade é fazer os retratos-falados. Fiz o que minha responsabilidade cívica e o meu dever moral mandaram: imediatamente liguei para o delegado, que acionou a senhora, e aqui estamos.

— Responsabilidade cívica? Dever moral? Vocês ficam é usando umas palavras difíceis para se ES-QUI-VAR de fazer o trabalho de vocês. Eu vou falar difícil também para ver se vocês me respeitam!

— Senhora, todos aqui estão mantendo o respeito.

— E eu posso saber então o que o senhor estava fazendo lá?

— Senhora, me desculpe, mas eu não lhe devo satisfações sobre os caminhos que eu sigo ou deixo de seguir. Estou fazendo de tudo para ajudar.

Ela engoliu em seco, pensando que, afinal, talvez tivesse passado um pouco dos limites na raiva que transparecia. Tentou retomar então o fluxo da conversa um pouco mais cordial, mas, ainda assim, firme.

— E cadê ele, afinal?

— Ele seguiu em viagem no trem, senhora.

— Para onde?

— Ora, salvo qualquer mudança brusca na linha, o trem seguiu seu trajeto. De Serzedelo para a Capital, depois Santa Paz, Triganã, Mourisco, e por aí vai…

A mulher achou por bem cortá-lo no meio da frase, numa recidiva de afronte.

— Chega! Eu sei o trajeto do trem: conheço as vinte e nove estações uma por uma. Desde criança pego esse trem para estudar e visitar as minhas tias. Depois comecei a pegar para trabalhar, agora uso essa condução para levar os meus filhos à escola. Conheço cada uma das vinte e nove estações desse trem que sai daqui de Serzedelo. Vocês, já não sei... Devem ter vindo aqui poucas vezes, são ricos. E ficam fingindo que resolvem os nossos problemas. Vocês ficam lá na delegacia esperando dar a hora do almoço pra ficar desfilando na Prefeito Magro e tomando cafezinho. Para vocês, eu sou só mais um problema que vocês têm que encaminhar. Chega disso tudo!

— Senhora, novamente, eu entendo que a senhora está abalada, mas vamos manter a sobriedade da nossa conversa, por favor.

— Sóbria deve estar a tua mãe. Porque eu tô tonta com isso tudo. Tonta e cansada.

Apesar do cansaço que dizia e que verdadeiramente sentia, a notícia de que ele fora visto há poucas horas, ainda que machucado, renovava as suas esperanças. Temendo entrar em novas expectativas que poderiam gorar no instante seguinte, decidiu que poderia fazer alguma coisa. Não confiava nem em Kleber e nem no delegado, mas isso não importava: seu marido estava vivo, vivo! Era só encontrá-lo, levá-lo para casa, e depois pedir explicações sobre o sumiço. Então, passaria ainda uns dias com muita raiva, até o momento em que cederia e faria nele o primeiro cafuné em muito tempo. Receberia dessa vez um outro carinho como resposta, e seria o início de um novo tempo em que eles iriam, mais uma vez, cuidar dos filhos e tentar se equilibrar na vida. Permaneceriam, e talvez piorasse, na corda bamba da grana curta, que se somaria à urgência de remontar a casa e de defender os filhos, diuturnamente, de um mundo muito hostil. Mas não importava, porque a vida, muito em breve, voltaria a alguma espécie de normalidade.

Coordenados ao pensamento, mas sem que direcionasse a eles uma ação de movimento osteomuscular de maneira plenamente consciente, seus pés se moveram como que por si próprios. Viravam-se, não à revelia, mas obedecendo a uma espécie de impulso de ir embora, mais do que a uma vontade. Foi tudo num átimo e, quando ela se apercebeu de que talvez encerrasse o papo sem que desse nem um tchau, sentiu alguma vergonha, mas já estava sem querer dando as costas aos dois homens, e quando começou a construir, na sua cabeça, uma fala para retomar e encerrar a conversa de maneira civilizada, foi interrompida por Kleber, que ainda reverberava o tom belicoso de quem acabava de ter sua mãe inserida, despropositadamente, na conversa.

— Senhora, aonde pensa que vai?

A ela não restou senão responder, polida e firme, uma síntese de seus últimos pensamentos.

— Eu vou-me embora. O Telé o viu ontem. Hoje foi você quem o encontrou. Sei que ele está pelas estações, espero que trabalhando. Vou pegar o próximo trem e vou, eu mesma, procurar o meu marido. Tchau para vocês.

Era quase meio-dia, e a verdade é que ela tinha toda a razão: mais do que pensar em comer num novo restaurante a quilo que abrira a duas quadras da estação de Serzedelo, o delegado queria mesmo era tomar um café e passear, com calma, pela Rua Prefeito Magro.

DIAGONAL

Ele quase não conseguiu descer em Serzedelo.

A estação estava estranha. Era perto de meio-dia, e o afluxo esperado de passageiros, àquela hora, segundo todas as previsões, era baixo.

Mas tão logo o trem abriu as portas, o espaço foi rapidamente tomado por uma horda de pessoas, embrutecidas e com pressa, resmungando por entre os dentes e tentando ocupar os assentos o quanto antes, uma vez que a viagem, que poderia durar por até vinte e nove estações, trazia consigo um potencial de cansaço.

Os assentos se esgotaram muito rápido, e os lugares em pé também foram sendo preenchidos com alguma rapidez e violência.

Foi difícil sair. A tentativa de se desvencilhar da massa entrante durara quase um minuto. Arrastara suas roupas rotas por entre os corpos dos que entravam e sentavam, entravam e ficavam em pé, entravam e resmungavam, mas sempre entravam, e rápido.

Nesse longo minuto, sentiu o medo da solidão e do andar desacompanhado ser trocado subitamente por uma claustrofobia. O coração, até então acelerado pela falta, estava agora novamente acelerado, só que pelo excesso.

Julgou ter ouvido uma gaita e, mais do que acreditar, acabou por saber efetivamente de que se tratava do gaitista com quem brigara há poucas horas. Não conseguiu vê-lo, mas não teve dúvidas ao identificá-lo pelo jeito com que as notas serpenteavam no ar rarefeito do vagão. Não era homem afeito a erudições, de qualquer sorte, mas sentia que vinha se construindo dentro de si, pouco a pouco, uma certa sensibilidade para as abstrações da vida, quase como um gosto.

Conseguia perceber que a gaita estava um pouco desafinada, mas sabia que era assim: esse era o jeito de tocar do gaitista. Podia identificá-lo, mesmo sem vê-lo, por isso: essa maneira de fremir os lábios contra cada uma das seções do instrumento feito de plástico e um jeito ansioso de produzir os sons, esses mesmos sons abafados pela multidão que não o permitia esquecer de que estava dentro de um trem.

Identificava a gaita do colega músico em toda a sua singularidade sonora, ainda que nunca na vida tivesse ouvido outra. Ao mesmo tempo, sentiu raiva, porque a ele devia a briga e as perdas, o medo e a penúria.

Conseguiu entrever, por entre as muitas cabeças novas que chegavam ligeiras, uns cabelos negros armados de mulher. Parecia a sua, a sua mulher. Lembrou-se dela, de quem há muito não sentia saudades. Quis tê-la próximo, e então reouve em seu pensar as ideias e as formas do cabelo dela, do corpo dela, do cheiro dela. Talvez fosse mesmo direto para casa. Poderia deixar para outro momento o passeio na Rua Prefeito Magro.

Agora era importante sair, desvencilhar-se. Encerrar de uma vez por toda esta viagem, neste dia esquisito em que se sentia perdido e perdendo.

Saiu, enfim.

Respirou o ar da liberdade na plataforma da estação de Serzedelo.

Muitos embarcaram para viajar nesse trem do qual saíra, ao passo em que a plataforma restava quase vazia, após ter enchido a composição.

Pensou que talvez fosse mesmo um problema de manutenção. Primeiro, a parada de emergência em Serzedelo, depois a velocidade lenta dentro do túnel, onde ele supõe terem tentado fazer um reparo com o veículo em movimento. Devem ter testado a aderência do trem ao trilho, ou trocado algum dormente que impedia o fluxo ferroviário. Em todo caso, o problema parece ter sido resolvido, mas isso acabou por acarretar uma operação irregular, que desembocou na estação cheia, insuportável, no sol de quase meio-dia.

Mas, viva!, estava do lado de fora!

Viu ainda o guarda que o abordou e o impediu de sair na parada anterior acompanhado por uma outra pessoa, um homem que parecia mais velho. Eles estavam comendo qualquer coisa na lanchonete, mas não conseguiu identificar o que era. Teve ganas de ir ter com eles, pedir-lhe que devolvessem o dinheiro.

'Ah, mas foi o gaitista que levou', o guarda diria. Ele retrucaria que não importava, que era trabalhador, que eles não o deixaram sair e que agora ele estava muito pobre, que a vida estava muito difícil nesse país etc. etc. etc.

Desistiu, claro. Estava mesmo muito pobre, cansado e com fome para brigar. Mas sentia-se feliz. A hora era a de chegar em casa, não de se envolver em novas confusões.

Havia sido uma manhã longa, mas, finalmente, estava em paz.

Aguardou por quase dez minutos na plataforma. Achou estranho. Justo agora que tinha pressa, não havia trem com previsão de saída.

A estação enchia, enchia. Algo dentro dela dizia que talvez não devesse entrar no trem. Que talvez o próximo viesse muito cheio, que se acotovelaria com os demais passageiros em uma viagem incerta, em que provavelmente viajaria em pé, desconfortável, sem saber ao certo em que estação descer.

Vez ou outra tentava olhar para trás, mas ficava mais difícil à medida que a plataforma enchia. Conseguiu perceber que Kleber e o delegado estavam ainda por lá, braços firmes, olhos fixos, como se a vigiassem para saber se ela realmente cumpriria o que havia dito.

Claro, iria procurar o marido, mas não precisava de supervisores. Não devia nada a ninguém, ao contrário: eles é que o tempo inteiro chegavam com informações desencontradas, e ela se enraivecia. Fazia o certo, não tinha dúvidas.

Ao fundo, uma luz surgia. Não era exatamente uma luz, mas um contorno. A grande bola metálica, visão frontal do trem para quem o espera, crescia e crescia, permitindo que se lhe discernissem as formas aos poucos. Os vagões, um a um, vinham aparecendo, e a composição que despontava ao longe logo começava a frear.

Desceria na Capital? Em Triganã? Ou seguiria até o Terminal? Talvez descesse em cada uma delas, aproveitaria o breve espaço de tempo em que as portas permanecem abertas para espreitar, na plataforma mesmo, se o encontrava.

Talvez gritasse pelo seu nome. Talvez o fizesse em todas as estações. Se fosse possível, colocaria o brado de seus pulmões a serviço dessa busca: estaria, sem dúvida, fazendo mais do que a delegacia.

Corria o risco, evidente, de que, na terceira ou quarta estação em que descesse para gritar, fosse repreendida pelos guardas. Ou pelos próprios passageiros do trem, que se irritam com facilidade com o que desvia, ainda que ligeiramente, a viagem de seu curso normal.

—Ah, veio da manutenção — alguém disse ao seu lado, explicando a uma outra pessoa a demora do trem, ao mesmo tempo em que interrompia a sua sequência de pensamentos sobre os mecanismos de busca que pretendia conduzir.

Este comentário a trazia de volta ao real, à estação que transbordava de pessoas, e à ansiedade de cada uma delas, que se remexiam e se ajustavam, cadenciando desarmoniosamente os movimentos de braços, pernas, mãos, pés e cabeça, ajeitando a bolsa, a pasta, o livro, retirando os fones, porque muito, muito em breve começaria a luta por lugares.

Um chiado longo indicava para logo a abertura das portas que, súbito, se abriram. Ela infelizmente não conseguira se posicionar em frente à porta, de tal maneira que sua condição inicial a tornava uma competidora menos qualificada. O momento em que o trem para, antes que as portas se abram, é uma espécie de marcador: há os que estão em frente à porta e que entrarão primeiro. Os que ficam entre uma porta e outra serão condenados a ver passar os outros todos e terão de brigar para que consigam entrar, sabendo de antemão que, para eles, a viagem será feita em pé, durante todo o percurso.

Não há como saber o local exato onde o trem para quando chega, mas há quem insista em tentar prever este espaço por meio das marcas no chão da plataforma. Talvez a experiência, de quem o pega todo dia, ajude um pouco. Mas nem sempre é possível se ajustar.

Há os que chegam depois também, para quem a marca da porta já não serve como um indicador de nada. Estes estarão felizes se conseguirem entrar e fazer parte da viagem, mas terão um longo e doloroso trajeto. Alguns preferem esperar e se posicionar melhor para a próxima composição.

Mas a luta por lugares, estipulando quem vai sentado e quem vai em pé, é definida, inteira, por um único momento: o da parada inicial do trem, do chiado longo. Este momento é signo de nascimento e é como se de uma única vez fossem definidos cor, classe, gênero, signo, ascendente. Tudo ali, fornecido em um único momento inaugural, define os que irão sentados e os que irão em pé. Aos sentados, os que se sentarão perto da janela, ou no corredor; aos de pé, os que conseguirão se segurar nos bastões e pegadores ou os que deverão passar a viagem se equilibrando de maneira torta sobre os próprios pés, sem se apoiar em nada, equilibrando os pertences no próprio corpo, eventualmente desabando sobre os demais e tendo de pedir desculpas às outras pessoas como se fossem um inseto pernóstico, ouvindo aqui e ali muxoxos e reclamações em voz baixa durante todo o tempo em que ali permanecerem.

O trem não parara de maneira favorável a ela. Entre uma porta e outra, mas bem mais perto de uma delas, a posição também não lhe era de todo negativa. Nascia fora dos berços esplêndidos, mas longe da extrema falta. Chegava ao trem remediada e, com um pouco de esforço pessoal para se embrenhar por entre os demais, talvez conseguisse segurar em um dos pegadores superiores. Balançaria ao sabor dos trilhos, mas teria uma viagem de braços abertos, sentindo o vento bater quando o vagão esvaziasse um pouco mais. Mas não era fácil a luta por lugares, e era necessário se posicionar já para a ação.

Quando as portas se abriram foi um *frenesi*, palavra oriunda do latim e que, em um melhor português e aplicada ao caso em questão, pode ser substituída por quiproquó, ou ainda por deus-nos-acuda. A verdade é que foi um pega-pra-capar. Homens e mulheres, despojados de toda civilidade da qual fariam bom uso quando estivessem sentados com dá-licenças e por-favores, guerreavam uns contra os outros, corriam com o corpo todo, afastando os adversários com os braços e os cotovelos. Era um espetáculo violento, mas menos violento porque todos o sabiam violento. Era sempre assim, como as guerras. As gentes de todo o mundo as estudam não para aprender como não mais as produzir, mas para vencê-las.

Entrou.

Conseguiu, como suspeitara, uma posição de apoio nos pegadores que pendiam do teto. A cada minuto, contudo, iam chegando as castas mais desfavorecidas, os que iriam em pé, sem apoio, longe das janelas, mal conseguindo respirar. A cada estação, entradas e saídas possibilitariam uma reconfiguração das possibilidades, mas as variações seriam mínimas. De forma geral, mantinha-se o que havia sido estabelecido em Serzedelo.

Ainda que tenha conseguido seu posto, o trem estava bem mais cheio do que o normal. Era um empurra-empurra, e a todo o tempo ela sentia os corpos se chocarem contra o seu, ora de maneira inocente, ora com malícia. Ela sabia, percebia e diferenciava, mas, malgrado as manifestações mais ostensivas, uma mão um pouco mais saidinha que conseguia repelir com um safanão, permanecia quieta, mais preocupada em manter-se em pé, com as mãos presas ao pegador, do que em defender seu próprio corpo de investidas insondáveis.

Durou quase um minuto o tempo de entrada das pessoas no trem e, ao final, parecia não haver mais oxigênio que comportasse um único corpo a mais.

Antes, porém, de que fosse dada a partida, julgou ter visto um homem, ao longe, perto da porta pela qual entrara, que parecia o seu marido. Não conseguiu ter certeza porque a visão foi muito rápida: num meneio de cabeça, o homem já não estava mais lá.

'Acho que não era. Ele não estaria em Serzedelo, se partiu há pouco tempo em um trem daqui para o Terminal', ela pensava, querendo se certificar do que não tinha certeza e do que jamais teria, mas justamente por jamais poder tê-la é que mais e mais se convencia.

O trem estava para partir, havia acabado de fechar as portas e ela sentia um forte mal-estar; estava suada e asfixiada pelos demais.

Ouviu ao longe, mas no mesmo vagão, o som de uma gaita. Pensou imediatamente em Telé, o gaitista que o delegado dissera que havia visto o seu marido no dia anterior. Contudo, não conseguiria chegar até ele, afinal o trem estava bastante cheio. Ademais, poderia ser que não fosse. Talvez houvesse outros gaitistas pelas composições. Ou pior: talvez fosse, e ele confirmaria a história, dizendo que vira o seu marido no dia anterior, mas que agora já não sabia mais onde ele estava. Ou ainda pior: ele poderia dizer que era ele mesmo, o Telé, e que tinha mentido à polícia na tentativa de conseguir a recompensa oferecida a quem tivesse informações. Pior ainda: ele poderia talvez dizer que o tinha visto ontem, mas também anteontem e também hoje; que ele via o seu marido todos os dias, que ele andava sujo pelas composições, pedindo dinheiro, e que parecia alguém sem honra, nem amor, alguém que tinha perdido toda a dignidade, e que andava sujo, maltrapilho, e que todos na verdade o conheciam e não diziam a verdade porque tinham pena dela, porque ele tinha se entregado à mendicância de vez e era, em tudo, um espetáculo triste de se ver.

Antes que se perdesse nas elucubrações, e ante à real impossibilidade de se movimentar em direção ao músico no trem lotado, acabou por prestar atenção ao som que o homem produzia. Notou que se tratava de um instrumento desafinado e quase poderia dizer que achava o som feio. Pensou que o gaitista deveria estar fazendo um esforço para conseguir produzir música naquele lugar tão cheio. E logo emendou este pensamento noutro, de que talvez fosse desagradável seguir viagem ouvindo essa melodia, tão mais triste porque de baixa qualidade.

Concatenando as ideias dentro do que lhe era permitido sem que a gaita a interrompesse mentalmente, por um segundo pensou que talvez não devesse estar ali. Que essa viagem talvez fosse muito desconfortável, que poderia lhe fazer mal, que talvez não aguentasse toda essa asfixia.

Por isso, e nesse caso deveria começar a se movimentar desde já, pode ser que descesse logo na Capital. Poderia esperar outro, mais vazio, ou até mesmo esperar todo o tempo necessário até que a operação ferroviária se normalizasse. Com uma manobra esperta, poderia também contar seu caso a um dos guardas da Capital, aumentando as chances de sucesso por meio de uma performance discursiva maviosa e açucarada. Explicaria o que estava ocorrendo, que estava passando um pouco mal. Perguntaria se poderia sair um pouco da estação e voltar sem ter de pagar um novo bilhete e, uma vez que concordassem, aproveitaria para fazer algo que vinha tendo vontade de fazer há muito tempo, e que nunca fizera. Desceria inteira a Rua Prefeito Magro, olhando as lojas e as coisas caras. Pararia no Quadrilátero do Prazer e, sem comprar nada, iria perguntar sobre as mercadorias expostas: o que eram e quanto custavam.

Sim, sem dúvida desceria na Capital. Mas por que é que havia entrado nesse trem, justo nesse? Talvez não devesse, mas pensava no marido, nas escolhas, nos erros, nos acertos, no João, na Eunice, mais uma vez no marido, em si mesma, na mãe, mais uma vez nas escolhas e, por fim, no desconforto, no calor absurdo que fazia dentro do trem e então teve medo, mas era tarde.

Mais um chiado longo, e o trem, abarrotado, deixava para trás a estação de Serzedelo.

PRÁVIDA

A estação cheirava a incenso velho: um odor forte, almiscarado e algo desagradável empesteava o ambiente.

Era Serzedelo, era meio-dia e era o momento de o homem, cansado, ir para a casa.

Andou da plataforma à entrada da estação. Viu o sol na rua, os carros em movimento, uma vida que se anunciava plena em sua estúpida normalidade. Estava pobre, cansado, roto e maltrapilho, mas o dia lhe sorria. Olhou na direção da Rua Prefeito Magro e viu as pessoas que para lá se dirigiam. Teve inveja delas.

O cheiro de incenso velho não fora embora de todo. 'Talvez seja eu', pensou e se sentiu surpreso com o odor de que talvez não fosse apenas testemunha, mas também agente. Remendou o pensamento e chegou à constatação de que, ainda que quisesse, não deveria ir à Prefeito Magro.

Seria um desfile pouco elegante pela rua que era a nova sensação da gente metida à besta. Nem como ambulante, nem como transeunte: a Rua Prefeito Magro era composta por uma massa cheirosa, em que todos se encontravam e sorriam. Não tinha lugar para gente como ele.

Tornou, então, ao outro lado da estação e viu a passarela. Lembrou-se da longínqua manhã, outra e a mesma, em que saíra para comprar suas balas. Não devia ter se metido em brigas. Mas não era a hora de olhar para trás, e, sim, de voltar, tornar à casa. Almoçar, cochilar e então encerrar o dia: amanhã tem mais.

Subiu a passarela e desceu do outro lado. Tomou a Rua Dona Isaura virou à esquerda, à direita, novamente à direita e andou por três quadras. Viu a ladeira íngreme ao final da rua que o faria chegar em casa. Pensou não conseguir, estava fraco.

Andando devagar, contudo, chegou bem.

Bateu à porta, estava sem a chave.

— Já vai — alguém disse do lado de dentro, mas a voz não era a da sua mulher.

Ao rodarem a chave, sentiu um frio percorrer a espinha, porque a voz lhe soava familiar.

Abriu-se a porta de casa e, então, antes que pudesse esboçar reação, João e Eunice vieram correndo:

— Papai, papai!

Como era bom tê-las ali, consigo. Que alegria incomensurável tem um pai ao encontrar seus filhos quando volta pra casa!

— Papai, você trouxe bala? — Eunice perguntou, e ele teve de responder que hoje não tinha trazido, mas que no outro dia ia trazer.

— Pai, a bala — disse na sequência João, sem entender que a irmã havia acabado de fazer a mesma pergunta.

O homem, compreensivo, disse ao menino que não, que as traria no 'outro dia', esse tempo que nunca chega. Sentiu como era bom tê-lo ali tão perto, ter brigado por essa vida quando a situação se lhe apresentou, ter sido um homem de brios, corajoso, batalhador, em um estado diferente do qual se encontrava agora.

As crianças, agarradas às pernas dele, recusavam-se a largá-lo. Nem parecia que havia sido apenas uma manhã, inclusive tendo chegado mais cedo porque o habitual era que só viesse depois que o sol já tivesse se posto. Manteve-as consigo um pouco, pegou-as no colo.

Faltava-lhe a energia para que conseguisse segurá-las ambas de uma vez. Pegou então primeiro Eunice, bem rápido, e deu-lhe um beijo na bochecha. Colocou-a no chão e pegou João, a quem fez um cafuné e um carinho na orelha, a que não escutava, pensando que talvez por não ouvir, o tato ali fosse mais sensível. Deixou-o no chão e, quando encontrou Eunice, João fez uma careta. Ela saiu correndo atrás dele, e eles foram para longe, rindo, perdidos em seus próprios mundos de jogos e brincadeiras agora que o pai estava em casa.

Longe dos filhos, teve então de encarar a mulher que lhe abrira a porta e lidar com os fatos:

— Cleo?

— Desculpa, acho que a gente não se conhece.

— Como não se conhece, Cleo? Você estava agora há pouco no trem comigo.

— Desculpa, a gente não se conhece mesmo. Não era eu no trem, você provavelmente está me confundindo.

— Qual o seu nome então?

— Cleonice.

— Para de palhaçada, Cleo. É claro que é você, a gente se viu no trem hoje.

— Não me chama de Cleo, por favor. O meu nome é Cleonice. Quem me chamava de Cleo felizmente já morreu.

— Ah, é? E você tem uma irmã gêmea então? Com o mesmo nome que você? Que estava no trem comigo agora há pouco dizendo inclusive que me vendeu esse quadro que está aí em cima. E está me dizendo que não é você?

— Olha, eu não ando de trem. Tenho aversão.

— Como assim? E vai trabalhar como?

— Eu não trabalho.

— E como vive, criatura? É dondoca?

— Olha, eu não lhe devo satisfações. Estou aqui porque sua mulher me pediu para que ficasse em casa com as crianças. Vou ficar aqui até às seis da tarde porque é a hora que combinei com ela. Não sabia que você chegaria a essa hora. Eu posso ir embora se você quiser.

— É claro que você pode ir embora se eu quiser. Essa aqui é a minha casa.

— Eu só vim e só permaneço aqui porque tenho muita consideração pela sua esposa. Sinceramente, eu não merecia ser tão maltratada.

— Cadê minha mulher?

— Ela disse que foi resolver umas coisas na rua. Não disse exatamente o quê, mas a esposa é sua e não minha. Então, é você quem deveria saber. Pediu para que eu ficasse em casa com as crianças, já que elas não foram à escola hoje. Pediu também para que eu fizesse comida, e eu estava terminando de cozinhar até você chegar.

— E o que é que tem pro almoço, Cleo?

Fez-se um silêncio para o qual ninguém havia se preparado, até que ele percebeu o ponto em que havia errado e remendou:

— E o que é que tem pro almoço, Cleonice?

— Arroz, feijão, frango e couve.

— Já está pronto?

— Quase. Agora, olha, desculpa o que eu vou ter que te falar. Por que você não chega com calma em casa, toma um banho e vai almoçar?

Não tinha a menor dúvida de que era a Cleo. O mesmo cabelo encaracolado, bonito, a pele negra e túrgida, os olhos amendoados, as sobrancelhas quase que desenhadas, o mesmo viço, o pano que usava na cabeça parecidíssimo (mais amarelado dessa vez, como que encardido), as unhas dos pés bem-feitas (mas, dessa vez, pintadas de outra cor, uma espécie de esmalte ocre, que lhe caía mal nas unhas). As sandálias Havaianas que usava sob os pés, contudo, eram bastante diferentes da última vez em que a supunha ter visto. Eram alvíssimas, novas, pareciam ter hoje mesmo saído da loja. As tiras azul-bebê das sandálias estavam com uma cor una, contínua, sem alterações e sem máculas. Eram uma joia a lhe adornar o corpo, requinte de sofisticação em um corpo que era, em tudo, normal; belo e jovem, mas normal. Mas nunca assim sandálias tão limpas, é claro que era a Cleo, ainda que batesse vez ou outra uma dúvida meio fugidia. O problema é que talvez não fosse. Escancarava-se para ele uma possibilidade mínima de que as diferenças, também mínimas, pudessem ser apenas um conjunto de coincidências entre duas pessoas que eram diferentes, outras, alheias: quiçá nem se conhecessem. Mas, caramba, o mesmo nome. Nome, como apelido: Cleo, Cleonice. Que jogo, que raiva! O indecidível irrompia com materialidade e concretude. Novamente uma mulher misteriosa, outra e a mesma, agora na sua casa, desafiando seus sentidos e sua lógica, cuidando das crianças, fazendo comida, ditando regras. Arriscou:

— Cleonice, o que você acha desse quadro?

— Acho bonito.

— Que mais?

— Só. Acho um quadro bonito. Muito bonitas as frutas.

— Só?

— Só.

E os olhos dela não se encheram de emoção nem de dúvida. Precisaria mesmo ser muito cínica, muito atriz para que sustentasse a farsa. Ela tinha então os olhos baços: amendoados e belos, mas desvitalizados, em flagrante contraste com sua juventude e sua pela viçosa.

Se ela tivesse feito ou vendido esse quadro, se tivesse algo a ver com aquela produção artística que pendia da parede, algo em seu gesto a trairia: algum levantar das sobrancelhas finas, algum esgar de espanto, mas nada — os olhos se erguiam como muros intransponíveis e ele então decidiu que, se ela atuava, era portanto muito competente em seu trabalho, e ele lhe daria o papel.

— Vou tomar banho e volto para o almoço.

Ligou o chuveiro e sentiu, prazenteiro, a água gelada a lhe massagear as costas. Evitava molhar o couro cabeludo, mas dessa vez permitiu-se entrar inteiro e deixar a água escorrer. Seus cabelos se colocavam de maneira a impedir a passagem da água, mas esta avançava, criando pequenos córregos por sobre a cabeça. Ela então escorria pelo rosto; e seguia a lhe molhar os olhos, o nariz, a boca. Prosseguia o curso pelo queixo e descia, suave: peitoral, barriga, sexo, pernas. Chegava aos pés já muito macia, amortecida por todos os pelos, todas as peles e suas reentrâncias. Era bom sentir que seu corpo estava vivo, quente e pulsante. E a água gelada lhe trazia, em contrapartida, algum torpor, serenidade, calma. Ensaboava-se, e sentiu que o cheiro que trazia consigo da rua também se amenizava. Tinha agora cheiro de gente limpa, digna. Uma manhã embrutecedora ia se dissolvendo junto com o sabonete na água gelada, e ele ia voltando a ser gente, homem, pai, marido. Pensou em fazer a barba; os pelos estavam grandes e espetavam, mas não tinha assim mais tanta energia. Desligou o chuveiro e se enxugou, sentindo o frisson da toalha seca sobre o corpo ainda molhado. Secou-se e saiu de toalha em direção ao armário pensando que, não fosse Cleonice, sairia agora pelado, pingando um pouco pela casa mas secando-se naturalmente ao calor do dia. Sentindo o desalinho dos tempos e dos espaços, era como que forçado a acatar essa coabitação nova, ao menos por esse único dia, com essa mulher, que não era a sua, mas que, em que pese tudo tão estranho à sua volta, tinha feito o almoço.

Vestiu-se e colocou uma roupa bonita. Era uma estranha em sua casa, mas era uma mulher. Não era exatamente um encontro, mas era um almoço: um almoço com uma mulher. E lembrando-se de que ela pedira que tomasse um banho, não hesitou em colocar um perfume, mesmo para ficar em casa. Não era só a si mesmo que incomodava esse cheiro de Serzedelo, de rua, de gente. Não tinha o cheiro da Rua Prefeito Magro, mas o perfume era parte desse esforço.

Sentou-se e chamou as crianças para almoçar. Cleonice veio trazendo a comida da cozinha e a serviu à mesa nas próprias panelas em que foram preparadas.

A comida estava deliciosa, a couve estava particularmente bem temperada: caprichada no alho e, surpreendentemente, com um pouco de limão. O arroz e o feijão não deixavam a desejar e o frango, suculento, acebolado e puxado na manteiga, coroava a refeição.

Em menos de uma hora já quase gostava da mulher que, ainda há pouco, tomara por uma farsante.

Almoçaram em um silêncio quase sepulcral, o que, se por um lado, era sinal da boa qualidade da comida, por outro, significava também que faltavam os laços de convivência que tornam as refeições harmoniosas. Mesmo as crianças, sempre tão falantes, estavam quietas, quietinhas.

O silêncio à mesa tornou sua atenção aos cheiros, e percebeu que talvez tivesse exagerado na dose do perfume. Sentia o seu odor perfumado se imiscuindo ao cheiro de couve e cebola em uma mistura, se não indigesta, pelo menos incômoda.

Ficou preocupado em ser percebido como alguém que quer muito seduzir, ao passo em que também sentiu um certo regozijo ao perceber que poderia passar à Cleonice esta ideia. Era para ser discreto e sutil, e embora seu perfume não trouxesse esta leveza, era algo que comunicava uma intenção por fora dos caminhos tradicionais da fala.

Ao terminar o prato, pediu licença, coisa que jamais fazia quando comia com a mulher e os filhos. Escovou os dentes, e pensou no que fazer.

O desejo da sesta pós-almoço se somava à falta de energia acumulada desta longa manhã da qual se despedia. Claro, era um risco ir dormir e deixar ali Cleonice, essa desconhecida, com as crianças. Mas, pensando mais com o corpo do que com a cabeça, lembrou-se de que ela estava ali, com seus filhos, antes mesmo de que ele chegasse; de que ela se esquivara de maneira respeitosa dos seus ataques; de que ela fizera um almoço muito bom; e, principalmente, de que ela havia se comprometido a permanecer em sua casa até às seis da tarde. Ainda que pudesse parecer um pouco insensato, então, sob o peso do corpo que pendia por si mesmo e das pálpebras que ameaçavam se fechar sozinhas, disse à Cleonice e às crianças que iria tirar um cochilo.

Quando já tirava o lençol que forrava a cama de casal, se preparando para deitar, ouviu a voz da sua filha, Eunice, ainda sentada à mesa.

— Papai, você vai dormir pra sempre?

Ele se riu, sozinho, mas tentou responder com a maior sinceridade que pôde.

— Filha, o papai está bem cansado. Só vou deitar um pouquinho e tirar um cochilo.

PEÇA TORTA

Acordou sobressaltado, o dia raiava.

'Ué, como pode?', se questionou tão logo os olhos viram a aurora. Será que a manhã fatigante que tivera o impedira de acordar às seis horas da tarde? E as crianças? E Cleonice? E sua mulher?

Abriu a porta do armário e fitou o próprio semblante no espelho por quase um minuto. Tinha a pele do rosto vincada das marcas de lençol. O cansaço que sentira tinha ido embora, decerto durante a noite, mas o excesso das horas de sono fazia com que este mesmo cansaço reaparecesse, repetido não como tragédia, mas como farsa.

Parecia um palhaço após o espetáculo. A barba espetava, e os primeiros pelos grisalhos começavam a aparecer. Talvez fosse já a hora de apará-la.

Estava atrasado. Precisava tocar a vida, ir mais uma vez à venda do Seu Nelson, tomar a passarela, entrar no trem em Serzedelo, driblar os guardas, reconciliar-se com o trabalho.

Não daria balas a ninguém desta vez. Foi ser bondoso e veja só o que lhe acontecia. Parte de si era capaz de traçar um fio, uma relação de causalidade entre seus atos de benevolência no trem do dia anterior e a decrepitude em que parecia mergulhar sua vida, alijada dos parcos bem materiais de que dispunha, invadida por gente que não conhecia.

Era preciso, antes de tudo, verificar como estavam as crianças. Dormiam como pequenos anjos em suas camas, uma ao lado da outra. Ficou feliz de vê-las ali. Eunice abriu os olhos quando ele, ao olhar para os dois, encostou na porta para abri-la e fê-la ranger de leve. Era já a hora de que se preparassem para ir para a escola. Ele, por sua vez, precisava ir ao trabalho, mas as crianças não podiam ficar sozinhas.

Não percebeu, nesse tempo todo em que dormira, que sua mulher não havia estado presente. Cleonice, a essa altura, já deveria ter ido embora. Natural, ela tinha a própria vida. Não poderia ficar ali a fazer sala cuidando do marido e dos filhos dos outros.

Mas sua mulher não estar ali fugia a qualquer regra. 'Fui burro', pensou, enquanto se dava conta de que não perguntara a Cleonice o que sua mulher tinha ido fazer, aonde tinha ido e, por que, afinal, havia combinado de voltar às seis horas da tarde.

Tomou a decisão que lhe pareceu mais acertada, e que deveria ter feito no momento mesmo em que chegara em casa no dia anterior: discou o número de sua mulher a partir do telefone fixo, e esperou. A verdade é que o pouco tempo que ficara sem celular o havia desacostumado a lembrar-se do telefone como uma ferramenta útil ao dia a dia. O telefone chamava e, ao perceber que o número não atendia, olhou à própria volta. Acabou por encontrar o aparelho dela vibrando na escrivaninha, por entre as quinquilharias. A mulher não estava e não havia levado o celular consigo. Não tinha uma pista sequer e, portanto, não havia outra coisa a fazer a não ser esperar.

Lamentava-se internamente por ter confiado demais em sua capacidade de voltar à própria consciência no horário combinado. Não era de dormir à tarde, essa é a hora em que costumava estar trabalhando dentro dos trens. Quis aproveitar a oportunidade finalmente para tirar um cochilo, uma sesta, como podem fazer muitos daqueles que orbitam a Rua Prefeito Magro, de onde não tinha vindo e para onde não voltaria. Era o mínimo dar-se a esse luxo, depois de tantos e tantos despojos.

Mas, agora, ali, acordado, não tinha uma pista sequer, nada. Sua mulher, para todos os efeitos, havia sumido.

'Talvez ela tenha passado a noite fora', pensou, com alguma culpa, lembrando-se do perfume forte que havia colocado ontem para seduzir e não seduzir a mulher que fez as vezes de sua esposa por poucas horas. 'Mas como ela poderia ter sabido? E se soube, por que tanta raiva?'

Talvez uma emergência com alguém da família, talvez a Wilma, irmã da sua mulher que tinha tanto apreço pelas crianças, estivesse precisada de alguma coisa. Talvez fosse isso, talvez a Wilma estivesse com um problema sério de saúde, talvez tenha internado, e ela não conseguiu entrar em contato. Talvez, talvez... Emergência médica às vezes tem disso. Pode ser que ela tenha precisado esperar em um fila para ser atendida em um hospital com poucos enfermeiros e pouquíssimos médicos e no calor do momento não tenha dado para ligar. Sim, Wilma havia sido internada, talvez um tumor, descoberto de última hora. Isso, Wilma havia acabado de descobrir um tumor no pâncreas, coisa séria, e isso justificaria a ausência de sua mulher em casa àquela hora, em que precisava mandar as crianças à escola para que pudesse ir trabalhar com tranquilidade. Não tinha nada a ver com ele, não precisava sentir culpa por nada. Decerto uma emergência médica, claro, Wilma internada, talvez morresse. Como contaria às crianças, caso acontecesse, que tia Wilma havia morrido? Mas, uma vez internada, podia ser que não morresse, ficasse uma parte do tempo lá, moribunda, tomando soro e antibióticos e anti-inflamatórios. Podia ser que não fosse um tumor, afinal. Fosse, quem sabe, uma coisa mais leve: infecção alimentar, nome pomposo para indigestão. E agora era Wilma, a tia Wilma no Hospital Geral de Triganã, roubando a presença da sua esposa que havia trocado o sono dessa noite, justo dessa noite que era a continuação do dia em que chegara tão cansado, por um sono intermitente acompanhando o soro da irmã durante a madrugada em um quarto coletivo, onde ao seu lado outras pessoas morreriam talvez por outras causas: acidente, bala perdida, tuberculose, cirrose, câncer, e até o problema de saúde da tia Wilma, talvez a tireoide, talvez o baço, que não haveria de ser nada grave, mas podia matar. Queria poder dizer à mulher que ia ficar tudo bem com a tia Wilma, que não se preocupasse, que em breve ela estaria de volta para brincar com as crianças, mas que, por favor, saísse logo do Hospital Geral de Triganã, que esses lugares são perigosos e sem querer a gente pode acabar trazendo doença para casa, dessas graves, dessas gripes estranhas que vêm de outro continente e aderem às pessoas de maneira quase aleatória, grudando-se em seus pulmões sem qualquer convite.

Bobagem! Precisava ficar encontrando esses subterfúgios para lidar com o fato de que não tinha a mais vaga ideia do que poderia ter acontecido.

A única coisa que poderia fazer, ao seu alcance naquele momento, era perguntar às crianças se tinham notícias da mãe, e também se sabiam alguma coisa da Cleonice.

As crianças haviam acabado de se levantar. João, um pouco mais preguiçoso, não o fizera imediatamente após acordar. A cama era mais alta do que a capacidade do menino de se equilibrar sozinho e se levantar de uma única vez. Então, como já havia caído da cama em situações análogas, ele abria os olhos e ficava sentado alguns minutos no colchão, os pés balançando na direção do assoalho, querendo descer, mas temendo a queda. Por vezes, pedia ajuda à Eunice, mas mesmo tão menino já tinha vergonha e preferia tentar fazer as coisas sozinho. Gostava, contudo, quando a mãe vinha acordá-lo e ela então o ajudava a descer da cama. Como dessa vez não tinha nem uma nem outra, e como jamais contava com o pai para tal, esgueirou-se pela borda da cama, colocando as duas mãos na fenda que a separava do colchão e projetou-se para a frente. Não era a primeira vez que fazia isso, mas sempre que fazia, tinha medo. Dessa vez, talvez pelos milímetros que vinha crescendo paulatinamente, dia após dia, a atividade de se levantar não foi tão penosa, de maneira que conseguiu quase sem esforço. Ficou orgulhoso de si mesmo, tão menino e já tão orgulhoso, e seguiu os passos da irmã que os conduziram, a ambos, até a sala onde o pai os esperava para que pudessem minimamente lhe esclarecer as coisas antes de dar-lhes um café da manhã para que, enfim, começassem o dia.

— Bom dia.

— Bom dia, papai — responderam, ambos, em uníssono.

O pai, então, dirigiu-se à Eunice, supondo que, por ser mais velha, poderia lhe dar mais e melhores informações.

— Filha, cadê sua mãe?

— Eu não sei, papai.

— E a Cleonice?

— Quem é Cleonice?

— A mulher que esteve aqui ontem, que fez o almoço pra gente.

— Não lembro.

— A Cleonice, a Cleo... Você não se lembra, minha filha?

— Não, papai, eu não me lembro.

O homem ficou irritado com as crianças. Mesmo com o filho, que não havia falado nada a não ser o bom-dia. Mesmo ele, quietinho, tão menino e já tão capaz de irritar um adulto. Ele se exasperou com as crianças e, então, gritou.

— Como é que vocês não se lembram? Isso foi ontem! Vocês estão malucos, é isso? Estão querendo me enlouquecer?

As crianças ficaram atônitas. Eunice, com maior capacidade de negociar e de dissimular os próprios sentimentos do que o irmão, engoliu a vontade que teve de chorar e manteve os olhos duros, fixos no quadro com temática de natureza-morta que pendia da parede da sala. João, por sua vez, esboçava um início de choro, mas antes que pudesse desatar a chorar compulsivamente, foi interrompido pelo pai. O homem vociferava, e era possível ver os perdigotos que saíam de sua boca enquanto gritava. Os olhos, lancinantes, eram como bolas de fogo audazes a lhe saltarem das órbitas, fundição na qual se misturavam em altas temperaturas raiva, ódio e algum terror, queimando lento, dissolvendo a sanidade própria e a alheia nos vapores etéreos, mas também estéreis, porque não resultariam em nada. Tanta coisa a queimar por dentro, e, ao fim e ao cabo, teria conseguido produzir talvez só um pouco de azedume, o que teria sido, por sua vez, bem fácil de obter com algum rancor de lembranças antigas, sem que tivesse de descarregar toda a brasa ardente da fundição dos seus olhos no coração dos filhos.

— Aquela mulher maluca mandou vocês me esconderem a verdade, é isso? Ela mandou vocês ficarem quietos? É isso? Olhem para mim, me respondam!

As crianças ficaram mudas.

Eunice manteve os olhos fixos no quadro, perscrutando, pela primeira vez, os detalhes do desenho: a cor da pera e do pêssego, as tintas vibrantes das uvas, o modo como o cesto de frutas havia sido pintado. Segurava o máximo que podia as lágrimas e teve medo do pai. Caso vivesse o suficiente para rememorar a infância, ela se lembraria daquela manhã por muito tempo, gravando na memória o primeiro medo que sentiu da violência potencial de um homem.

João, por sua vez, continuou o choro crescente que havia acabado de começar a verter, e, em pouco tempo já chorava despudorado, tão menino e finalmente tão menino, podendo chorar sozinho, e entendendo, também pela primeira vez, que quando a gente cresce a vida vai se apresentando dessa maneira: a gente chora, chora, chora, e continua chorando; mas não vem o colo da mãe, nem o colo do pai, e a gente tem de aprender a parar de chorar e a recolher o choro sozinho, pela própria vontade, e a ir colocar a energia em outra coisa — hoje, um brinquedo; amanhã, um amor; depois de amanhã, um trabalho; noutro dia, um filho; e no final de semana, ninguém sabe o que será.

REDENÇÃO

Não foi trabalhar, óbvio. Sentiu que havia pesado demais a mão com as crianças e optou por ficar em casa com elas.

Na verdade, tinha vergonha de dizer aos amigos ou aos vizinhos que a mulher não estava em casa, e que não sabia o que fazer ou com quem deixá-los. Teve de se virar como pôde. Não os levou à escola: não sabia exatamente como chegar lá.

O resto de couve e de frango guardado na geladeira era a prova de que Cleonice ou Cleo ou como queira ser chamada esta mulher esteve lá durante o dia anterior. De que não sonhara, não estivera em transe ou fora de si.

Passou a manhã em casa, esperando pela mulher, que não chegou. As crianças passaram a primeira metade do dia muito quietas, amuadas. Reinava na casa um silêncio sepulcral. O homem se entediava, tinha vontade de brincar com os filhos, mas eles, temendo o pai, não se deixavam mirar fundo nos olhos. Logo os desviavam e tornavam a fazer o que estavam fazendo antes: distraindo-se com uma boneca velha ou um pedaço de pano qualquer, inventando mundos e cidades, mas sempre em silêncio, medindo cada um dos mínimos ruídos para não irritar a besta-fera.

À hora do almoço, todos comeram o frango com couve, em silêncio. O pai eventualmente sorria, mostrava os dentes pouco cuidados às crianças, mas elas guardavam dentro de suas bocas os de leite, usando-os apenas para mastigar a refeição requentada que, afinal, estava saborosa.

A tarde passou rápida. O cheiro de terra molhada prenunciou o temporal que deveria chegar ao entardecer. O chuvaréu, contudo, como a esposa, também não veio. Algumas poucas gotículas davam notícia de uma chuva fina e volátil. Dissipavam-se no calor acumulado do dia inteiro e, embora nem sequer chegassem a tocar o chão, deixavam toda a atmosfera envolta em vapor.

Em dúvida sobre o procedimento correto, Eunice dirigiu-se à janela para fechá-la. O pai disse que não precisava, que não chovia tanto assim. Ela arregalou os olhos, amedrontada, e interrompeu o movimento. Aproveitando o ensejo, ele arreganhou os dentes e perguntou se, afinal, ela havia gostado da comida. A menina aquiesceu com a cabeça, tímida. O homem, então, perguntou a ela se estava com saudade da moça que havia feito a comida. Nesse momento, Eunice encheu-se de uma coragem nova e, impávida, cravou os seus olhos de menina nos olhos do pai. Encarou-o por breves e longos cinco segundos e, depois, desolhou. Meneou a cabeça, girou nos calcanhares e, sem lhe responder, dirigiu-se de volta ao quarto.

O homem pensou no disparate que aquele gesto significava. Teve vontade de dar-lhe umas boas palmadas, mas refreou os impulsos. Estava a sós com os dois filhos, não tinha uma verve violenta e precisava ainda reconectar-se com eles. Se não fosse possível de imediato fazer as pazes, deveria ser capaz de, pelo menos, propor uma trégua.

Respirando, todos, o ar pesado da casa, a noite se fez presente depressa. A trégua não era apenas um instrumento de normalização passageira das relações com seus filhos. Quando se viu sem nenhuma luz vinda de fora, e notando que a mulher não dava qualquer sinal de retorno a casa, foi assaltado pela ideia de que, talvez, essa situação não fosse passageira.

Amanhã seria o terceiro dia sem ela, e se a mulher não aparecesse, precisaria definir como proceder. Levar ou não levar as crianças à escola? Trabalhar ou não trabalhar no dia seguinte? Se não trabalhasse, como garantir o sustento das próximas compras? Era dura a vida, estava sempre no limite e à margem. Não poderia deixar de vender suas mercadorias no trem porque não teria como garantir a comida de casa já nas próximas idas ao supermercado. Pelos seus cálculos, amanhã seria o terceiro dia consecutivo sem trabalho, incluindo na conta o primeiro dia no qual, em que pese tenha ido trabalhar, vendera pouco e acabara perdendo o pouco dinheiro que conseguira.

Organizando as coisas para dormir, percebeu que as crianças aos poucos iam saindo de sua semicatatonia. João e Eunice já brincavam entre si, corriam pelos espaços apertados da casa, davam-se caretas e se beliscavam.

Todavia, não trocavam palavras com o pai. Dentro da própria casa, o homem era uma ilha.

Olhando pelas frestas do quarto, viu Eunice indo se deitar e João fazendo um esforço para conseguir chegar-se à cama. Era alta demais. Mas não era a primeira vez que iria se deitar sozinho, de sorte que já tinha os mecanismos, as artimanhas. Uma vez chegado ao próprio lençol, entretanto, ouviu do outro cômodo a voz do pai, nem alegre nem triste, que o chamava:

— João, João!

O menino pensou que dormiria sem dar boa-noite ao pai. Eunice provavelmente estaria pensando o mesmo, mas ainda massageada pela coragem do dia, manteve-se firme na resolução de não se levantar nem de lhe dirigir a palavra. Em sua defesa, tinha consigo a certeza de que não era a ela que o pai havia chamado.

João, por sua vez, gostou de ter ouvido o próprio nome. Lamentou ter de fazer um esforço para descer da cama, o que lhe era bastante custoso, não obstante acabasse de ter feito esforço de intensidade similar para escalá-la.

Desceu, mas com menos destreza do que quando subira. Tropeçou e quase caiu. Mas, ainda um tanto quanto cambaleante, dirigiu-se ao cômodo vizinho para encontrar o pai.

O homem agarrou o filho e lhe passou a mão pelos cabelos. Gastou nesse cafuné quase tempo suficiente para que o menino se entediasse. Ao final, encostou a boca ao ouvido esquerdo do menino e disse:

— Eu te amo.

Como o menino não esboçara qualquer reação, percebeu que, pela primeira vez, errava o ouvido correto. Assustou-se um pouco, pensou na cirurgia de dois anos atrás e também no agora. Foi errar ali, naquela hora, tão fora de propósito. Falhava como marido, como trabalhador e, embora já tivesse falhado como pai outras vezes ao longo do dia, esta última situação fê-lo sentir a falha não como uma conjuntura, mas como algo talvez mais forte: era, na verdade, um pai ruim.

Malgrado não tenha ouvido, João se apercebeu de que o pai havia tentado lhe dizer algo e curvou a cabeça para cima, fitando--o. O homem então se aproximou do ouvido direito do menino e, aproveitando o lapso, optou por mudar o que havia dito:

— Vai ficar tudo bem, meu filho!

João aceitou a trégua que vinha sendo construída com cuidado pelo pai ao longo do dia e resolveu, pela primeira vez desde os gritos do pai pela manhã, lhe dirigir a palavra.

— Papai, a mamãe vai voltar?

E o homem, alquebrado, respondeu com a voz trêmula, deixando transparecer ao filho que nem ele mesmo acreditava nas próprias palavras, embora julgasse importante pronunciá-las.

— Vai sim, meu filho, ela vai voltar sim.

Acordou cedo, mais do que de costume, e deu bom-dia às crianças, que pareciam ter acordado mais leves e serenas do que no dia anterior. Elas lhe deram bom-dia sorrindo. 'Eles esquecem rápido', pensou.

Fez um café para si, viu que o conteúdo dentro do pote começava a escassear. Deu às crianças um copo de leite com achocolatado e alguns biscoitos, que também não demorariam muito a se esgotar.

Não podia apenas se dar ao luxo de não trabalhar para ficar com as crianças, como se estivesse tudo normal. Não estava. Não tinha pista da mulher, nenhum sinal, nada.

Sentiu que deveria fazer alguma coisa. Ligou para Wilma, que atendeu sobressaltada, afinal não eram ainda seis horas da manhã.

Ela, inicialmente muito assustada, disse que, igualmente, não tinha notícias. Algo nele se acalmou por um momento, porque Wilma afinal não estava internada em uma cama de hospital. Estava em casa, bem, lúcida e um tanto quanto atordoada pelo sono interrompido e pelas notícias estranhas, mas, no geral, bem. Por outro lado, algo nele foi como um frio a lhe correr pela espinha, porque, afinal, Wilma não estava internada em uma cama de hospital e então toda a sua hipótese, construída como um tranquilizante para encarar a aridez de um desaparecimento, caía por terra, desmoronava: a mulher estava mesmo desaparecida.

Wilma aproveitou para lhe orientar em relação aos procedimentos. Seria conveniente que fosse à delegacia dar notícia de que a mulher dele havia sumido. Eles então lhe interrogariam e, na melhor das hipóteses, espalhariam notícias sobre o desaparecimento nos jornais. Ele, por sua vez, poderia colar a foto dela em alguns postes, torcendo para que as coisas se resolvessem.

— Não deve ser nada — concluiu tia Wilma com estranhíssima despreocupação, tentando tranquilizá-lo, dizendo que é raro que as pessoas sumam assim. — Pode ser que ela tenha precisado ficar um tempo na casa de alguma amiga. Desculpa até estar perguntando, mas o casamento de vocês, assim, está correndo tudo bem?

Wilma não era necessariamente alcoviteira, mas é que uma boa fofoca atiçava-lhe os sentidos. Para a frustração dela, ele disse que estavam bem, as coisas indo de vento em popa, que não havia nada de errado com eles, embora evidentemente mentisse: não há casal no mundo que não tenha seus conflitos. Mas achou por bem erguer esse muro na comunicação com Wilma e dar o assunto por encerrado, uma vez que não lhe devia satisfações sobre o próprio casamento.

Agindo com uma naturalidade que poucas pessoas que acabaram de tomar conhecimento do desaparecimento da própria irmã teriam, ela se prontificou a ir na casa deles buscar as crianças: não seria necessário expô-las a tanto. Wilma disse que não teria problemas com o trabalho. Tinha bordado mais do que o necessário no último final de semana e poderia passar um dia sem confeccionar novos panos de prato. Se precisasse fazer alguma entrega, era perfeitamente possível levar as crianças. Que ele não se preocupasse com isso, oras.

Wilma morava em Triganã, na metade do caminho entre a estação de mesmo nome e Mourisco, e a expectativa era de que chegasse em cerca de meia hora. Ganhava a vida vendendo panos de prato que ela mesma bordava. Especializou-se em umas estampas de mandala e tinha uma clientela fiel. Na verdade, um terço da produção era vendida diretamente às consumidoras, que os encomendavam por telefone, ou em sessões de mostruário e vendas que ela realizava de vez em quando na sala de casa. A maior parte da produção, contudo, era vendida não às mulheres, mas a um único homem.

Kleber todos os meses comprava a produção de panos de prato de tia Wilma. Revendia-os pelo quádruplo do preço na Rua Prefeito Magro. E isso porque sua revenda não estava montada no Quadrilátero do Prazer, o que talvez o permitisse arrecadar o equivalente a seis vezes o valor pelo qual comprara cada pano de prato. Ele os revendia no Triângulo dos Shorts, espécie de dissidência do Quadrilátero do Prazer, também localizado na Prefeito Magro e que se dedicava basicamente às peças em tecido (e, como se pode deduzir, havia começado suas atividades pela venda de shorts e bermudas, de onde saíra seu icônico nome).

JORNALEIROS

Uma criança desaparecida comove porque ninguém a supõe capaz de driblar todo mundo: elas dependem dos adultos e, se desapareceram, é porque foram induzidas por algum deles, que as chantageou ou sequestrou. Por outro lado, o fenômeno dos adultos desaparecidos é mais complicado. Muitos acham que a pessoa sumiu de propósito. No fundo, o adulto desaparecido fala também à inveja das pessoas, uma vez que se trata de alguém que, voluntariamente ou não, conseguiu dar vazão ao projeto secreto que muita gente sente de abandonar as próprias vidas (eivadas de arrependimentos, dores, infortúnios e vícios de origem) para se permitirem começar outra, inteiramente do zero, em um contexto em tudo diverso, mas com a aprendizagem acumulada da experiência pregressa. Por vezes, essa inveja recalcada retorna como escárnio, um dar-de-ombros, e atribui-se uma importância menor ao caso.

Após cruzar a passarela e seguir pelo já conhecido caminho até a delegacia de Serzedelo, o homem adentra o espaço e retira uma ficha.

Senta-se em uma cadeira velha, preenche um formulário com algumas informações e escuta restos de histórias aqui e ali. O rosto das pessoas é de pavor. Elas estão lá para dar notícias de furtos, roubos, sequestros, agressões e extorsões. Vez ou outra, há um som de sirene que começa ao longe, vem se aproximando e chega à entrada da delegacia em um barulho ensurdecedor.

Como teve saudades de seu filho quando ouviu a sirene pela primeira vez! Pensou que ele talvez se incomodasse um pouco com os sons, mas não muito. Na verdade, pela primeira vez desde a cirurgia auditiva do filho, pensou que a surdez parcial do menino era na verdade um benefício. Sim... Dada a intensidade dos barulhos, e considerando o grau de tensão que esses ruídos traziam ao andamento da vida, talvez fosse conveniente conseguir ouvi-los apenas pela metade.

Durante a espera para ser atendido, pôde ver por quatro vezes uma cena muito parecida: o som se aproximava, ficava bem alto e então cessava. As portas se abriam e entravam homens negros algemados, segurados de maneira truculenta por policiais também negros. Os homens não sorriam e adentravam a delegacia de cabeça baixa e semblante circunspecto, um tanto quanto bestializados. Então, eram levados a uma sala, talvez para que os policiais colhessem depoimentos, ao que, poucos minutos depois, saíam, dessa vez com um olhar mais triste, como se vissem a liberdade ficar de vez para trás. Eles então retornavam à viatura, e ela seguia viagem, dessa vez com a sirene desligada, transmitindo uma ilusória sensação de que haveria, em algum lugar e em algum tempo, a instalação de uma paz.

Algumas pessoas aplaudiam quando viam os homens que entravam algemados. Funcionava bem a fantasia de que finalmente o mundo se livraria dos bandidos. De que bastava que fossem caçados, laçados e enjaulados para que os cidadãos de bem pudessem retornar em paz aos seus lares.

Era curioso notar que a quantidade de pessoas que aplaudia não era a mesma quando os homens chegavam algemados e depois quando saíam para retornar à viatura que os levaria à prisão. A quantidade de aplausos diminuía, reduzia em cerca de um terço. Era como se a tristeza que transparecia nos homens quando eles tinham a certeza de que seriam encaminhados à cadeia acendesse, nos que esperavam, alguma espécie de humanidade e os fizesse lembrar (somente a esse terço, contudo) que havia ali pessoas, talvez pais de família, talvez filhos de mães saudosas, cuja convivência seria privada àqueles que amavam. A dois terços, contudo, não importava muito. Queriam era dar sua queixa, dar parte do que lhes afligia e sair dali o mais rápido possível, mas enquanto permanecessem, aplaudiriam o que consideravam ser a justiça que se produzia magicamente ali para o deleite dos seus olhos quando os homens negros, sempre homens e sempre negros, apareciam algemados e contidos por outrem.

O homem negro que esperava a vez de ser atendido, contudo, não aplaudia. Entendia, à sua maneira, a seletividade da justiça. Não se compadecia, entretanto. Queria que os outros pagassem pelos erros que haviam cometido; que se houve deslizes, que fossem punidos; que se fossem trabalhadores, isso talvez até pudesse acontecer, mas era provável que não. Era um trabalhador, e, na sua cabeça, trabalhador não é bandido. Não queria ser confundido com bandido. Achava que podia acontecer, mas não queria. Era trabalhador! Viera ali para dar queixa do desaparecimento da mulher. Que pagassem pelo que fizeram os bandidos! Mas daí a aplaudir, que que é isso? Não importava que seu trabalho estivesse nas margens da legalidade, que tivesse levado uma enquadrada de um guarda no trem há poucos dias e que nunca tivesse conseguido um trabalho na Rua Prefeito Magro. Pelo menos não era bandido, era trabalhador. Mas não pôde deixar de sentir inveja de um dos homens que entrou algemado, muito parecido consigo, que chegou à delegacia com um ar altivo e vestindo um cordão que, fosse de ouro ou não, brilhava. Nunca havia tido um cordão que brilhasse.

A voz metálica anunciou a senha duzentos e noventa e nove, e ele retirou, do fundo do bolso da camisa de botão listrada e encardida, um papelzinho amassado de mesmo número.

O atendente o olhou de cima a baixo, antes mesmo de que se sentasse. O homem, contudo, adiantou o assunto sem meias-palavras, sem ter de ouvir a voz dura que lhe seria dirigida inquirindo os motivos de sua presença naquela sala.

— Minha mulher está desaparecida. — E ao dizer isso, entregou-lhe o formulário que preenchera ao chegar, contendo suas informações pessoais, endereço e o número do telefone fixo. Numa espécie de confirmação dos dados já fornecidos, o atendente o interpelou.

— Desde quando?

— Há três dias.

— Seu nome completo por favor?

Ele disse o nome completo.

— O nome completo da sua mulher?

Ele disse o nome completo da mulher.

— Quando foi a última vez que a viu?

— Antes de trabalhar.

— O senhor tem filhos?

— Sim, dois.

— Tem uma foto da sua mulher?

— Sim, aqui está — disse, retirando uma foto três-por-quatro da mulher que guardava na carteira.

— Nós vamos colocar um anúncio no jornal.

— Em qual?

A pergunta pegara o atendente de surpresa. Não estava acostumado a ser frontalmente questionado quando afirmava alguma coisa. A pergunta do homem parece ter sido feita para se certificar da veracidade das informações que eram transmitidas, o que acabava por representar uma inversão de papéis no jogo de poder que se firmava naquele ambiente. De sua parte, o requerente obviamente havia feito a pergunta para se certificar de que poderia haver alguma verdade no meio daquela conversa árida entre dois homens, que começara sem nem ao menos um bom dia.

O atendente, então, mencionou o jornal mais prestigiado em circulação na cidade, o *Tribuna da Capital*, e também outro, de notícias populares e em franca expansão, que se chamava *Leitura Diagonal*. Este último começou a ser distribuído há pouco tempo e de forma gratuita e, inicialmente, era entregue apenas aos passageiros que circulavam ou faziam baldeação na estação que lhe emprestava o nome. Sua popularidade, contudo, fez com que a distribuição tivesse um considerável aumento, passando a estar disponível, sempre gratuitamente, em quase todas as estações do ramal de Serzedelo e também do ramal Diagonal. Em ambos os veículos de imprensa, portanto, a publicação do anúncio foi garantida para o dia seguinte.

— Mais alguma coisa?

— Sim. Não tem muito a ver com o caso, mas... se eu quiser tirar um alvará para trabalhar na Rua Prefeito Magro, é aqui que eu pego?

— Não. Os alvarás são todos expedidos na Junta Comercial da Santa Paz. Você deve ir até lá levando o boleto pago e a documentação necessária. E deve se certificar de que há um posto vago no local em que você quer trabalhar. Desculpe perguntar, mas onde seria esse trabalho?

— No Triângulo dos Shorts — ele disse, guardando para si o real desejo de trabalhar no Quadrilátero do Prazer.

— Lá eu acho que tem vaga ainda, no Quadrilátero do Prazer é que você não acha nada.

— Obrigado.

— Disponha.

Saiu da delegacia e decidiu passar na casa da Wilma para pegar as crianças. Tomaria um ônibus, estava com preguiça de andar até Triganã.

Esperou alguns minutos até conseguir pegar a condução, cujo ponto era exatamente em frente à delegacia. Quando o ônibus chegou, colocou-se no primeiro lugar da fila para entrada, que continha outras seis pessoas. Era a possibilidade de que conseguisse viajar sentado, ainda que o trajeto não fosse muito longo.

Entrou, pagou a passagem e se sentou em um dos poucos lugares vagos. Conseguira se sentar rente à janela, à direita, de forma que a vista dava para a entrada da delegacia. Antes que o ônibus desse a partida, esteve dispersamente absorto em pensamentos impuros, raiva da mulher e saudade dos filhos.

Olhou uma última vez para a delegacia e pôde ver as costas de uma mulher que entrava. Parecia-se muito com a sua mulher: as curvas do corpo, mas em especial os cabelos, no que tinham de altos, armados e viçosos.

Teve ímpetos de descer e ir lá checar, mas era provável que não fosse. Não havia razões para supor que a mulher estivesse àquela hora na delegacia. Mas o que refreou seus impulsos, na verdade, era que, confirmando-se não se tratar mesmo dela, teria de pagar outra passagem, além disso, seguiria viagem em outro ônibus, no qual correria o risco de não conseguir lugar sentado. Teria de, novamente, entrar em uma luta por lugares: melhor não.

Estava pobre demais, cansado demais, e era preciso seguir.

Espichou o olhar mais ao longe e conseguiu ver brevemente o lado de dentro da delegacia. Viu um homem jovem, talvez bonito, muitíssimo parecido com o guarda que lhe impedira que descesse em Serzedelo quando esteve sozinho na estação. Julgou ter visto de relance uma placa escrita 'Kleber F.' colada ao peito dele, mas não deu tempo de averiguar.

O ônibus chiou: não como um trem chia, mas chiou.

Deu-se a partida, e uma nova viagem, então, acabava de começar.

TERMINAL

De um único ponto em um canto à esquerda, na parte superior da tela, surgia um conjunto de linhas. Elas pendiam do alto e então se abriam, de maneira a preencher quase toda a parte visível do quadro.

Embora representassem as linhas paralelas do mundo real, no quadro, elas se encontravam. E isso ocorria neste lugar, no canto à esquerda: ponto de partida, e também ponto de encontro, uma espécie de origem condensada de tudo. Big bang da perspectiva, dá-se a ele o nome de ponto de fuga.

Das linhas pendentes, desenhadas a lápis com um grafite grosso, saltava aos olhos do espectador a figura em construção: um trem, que saía de uma espécie de bruma no ponto de fuga, e avançava para o centro da tela, em direção ao canto inferior direito.

A parte da frente, provavelmente o primeiro vagão, já estava em estágio mais avançado de conclusão. Era possível ver os detalhes das portas automáticas e os vidros, algo embaçados, que permitiam inferir que talvez houvesse ar condicionado do lado de dentro.

A parte mais ao centro da tela, contudo, continuava como se estivesse em rascunho.

— Você vai fazer os trilhos também?

— Acho que vou. Dá mais credibilidade.

— Já disseram que você tem um jeito estranho de pintar? Olha só, você pintou a primeira parte, a cauda do trem, e agora está pintando a parte da frente. O meio do trem mesmo você nem começou.

— Eu vario os jeitos, cada obra é uma obra.

— Ai, Cleo, só você mesmo.

— Ainda estou pensando o que fazer aqui no meio.

— Acho que você não vai ter muita escolha, na verdade. Se o trem começa e termina de um jeito, você vai ter de fazer o meio coerente com as outras duas partes.

— Mas tem uma diferença.

— Qual?

— Na parte do meio, o letreiro em cima da porta fica legível. Eu vou ter que colocar o nome da estação.

— E qual nome você está pensando em colocar?

— Serzedelo.

— Hummm...

— Que foi, Kleber?

— Estou aqui pensando...

— O quê?

— Que se você reorganizar as letras, dá para reescrever Serzedelo como Zero Deles.

— É um bom trocadilho.

— E você vai colocar pessoas dentro do trem?

— Não sei, estou pensando. Acho que com gente dentro vende mais. Mas tem umas pessoas que gostam de solidão também.

— Acho que vai ser mais fácil conseguir vender o trem vazio.

— Pode ser. Acho que tenho pintado cada vez melhor, mas meu tino para negócios não anda muito bom. Outro dia consegui vender a um bom preço um quadro supersimples, uma natureza-morta sem grandes inovações. Foi uma tela no modelo clássico mesmo, bem europeu: uma cesta de palha contendo algumas frutas como pêssegos, peras e uvas.

— Eu me lembro dele. Agora sobre o trem, você vai ter de decidir aí se coloca gente dentro ou não.

— Acho que vou fazer uma coisa mais impressionista, sabe? Vou colocar uns borrões, talvez eu use até um alto-relevo. Não vai dar para perceber se o trem está cheio ou vazio, acho que vou deixar isso um pouco no ar.

— Você disse 'no ar', significando uma coisa meio solta, meio frouxa, ou você quis dizer '*noir*', uma coisa mais suspense?

— Eu quis dizer 'no ar' no sentido de ser uma coisa meio solta mesmo. Esse negócio de suspense não é comigo, não.

— O quadro da natureza-morta estava meio suspense.

— Só coloquei umas tintas um pouco mais escuras. Acho até que as uvas acabaram destoando um pouco das outras frutas. Mas não tem nada de suspense, é um clássico que não envelhece.

— Quando você acaba esse?

— Deve estar para acabar, talvez hoje à noite.

— Bom, vou te deixar trabalhar, então. Te amo!

— Ei, espera.

— O quê?

— Isso dos nomes, estou pensando nisso.

— O que é que tem?

— Não sei. É engraçado isso, não é? As coisas têm que ter um nome, as pessoas têm quer ter um nome. Até as estações de trem têm nome.

— Claro, Cleo. O que não tem nome se perde. Fica solto, fica meio 'no ar', para usar as suas palavras.

— E esse quadro: e se eu não quiser nomeá-lo?

— Ele vai ser colocado à venda como 'Sem título', o que não deixa de ser um nome no fim das contas.

— O que você acha de Serzedelo?

— Já existe uma estação com esse nome, então acho que não será nenhum problema.

— O problema é acharem que, por já existir, eu esteja fazendo uma representação fidedigna. Parece que não, mas isso é bem sério. Se eu escrevo Serzedelo no letreiro do trem, indicando que ele está chegando a essa estação, as pessoas vão achar que o trem que eu desenho tem que ser exatamente o trem que passa por lá. Só que eu quero fazer uma outra coisa.

— Faz, ué.

— Vão ficar dizendo que eu sou incoerente.

— Usa essa incoerência a seu favor e vende mais caro, ué.

— Kleber, toda hora vai ter alguém me perguntando: 'Mas qual a sua intenção em fazer um trem escrito Serzedelo e pintar uma estação completamente diferente da Serzedelo da vida real?'. Sabe quantas vezes eu vou ter de responder a isso, Kleber?

— Poucas. Você não é tão famosa assim, não, Cleo.

— Também não sou uma desconhecida, né?

— Só quem te conhece são as dondocas da Rua Prefeito Magro. E mesmo assim, elas conhecem basicamente o seu nome, porque te ver circulando por lá é uma raridade. Vai fazer, sei lá, um ano que você envia as suas obras pra serem vendidas no Quadrilátero do Prazer... Parece pouco, mas é bastante tempo. Você tem de procurar uma galeria para te representar.

— Você sugere alguma?

— Tem duas muito boas: uma no Mercado Roxo e outra no Quebrasso.

— Hummm...

— Que foi?

— Continuo em dúvida com isso dos nomes. É como se esse miolo não se resolvesse.

— Deixa em branco.

— Não, né?

— Bota umas coisas, então, sei lá. Pensa aí nos nomes. Se não quiser botar Serzedelo, bota outro. Inventa uns nomes que não existem. Sei lá, Cleo. Você é artista. Tem que ver o que você vai fazer, mas não fica refém disso, não. Bota um nome qualquer e pronto.

— E a estação, faço igual?

— Eu faria meio igual, meio diferente. Muda umas coisas. Faz esse quadro lembrar o trem e a estação de Serzedelo, mas não exatamente igual. Faz umas pequenas variações, deixa o espectador meio confuso.

— Mas eu não quero confundir ninguém, amor. Eu quero ganhar dinheiro.

— Mas, Cleo, eu é que ganho dinheiro no meu trabalho fazendo a mesma coisa todo dia, com pequenas variações. Alguns até podem ver arte no que faço, mas, pra te falar a verdade, é tudo bastante repetitivo. Agora, você? Você é artista, de verdade! Tem que fazer umas coisas diferentes mesmo pra ganhar dinheiro. Ninguém fica rica vendendo natureza-morta, não...

— É, acho que vou deixar isso descansando um pouco, acabei ficando meio confusa sobre o que fazer.

— Tá bem. Deixa isso aí. Vou te fazer uma proposta irrecusável, então.

— Qual?

— O que você acha de tomarmos um café no Museu dos Errantes?

— Quero sim. Na verdade, aceito convite para qualquer lugar longe da Rua Prefeito Magro.

— Por quê? Tomou ranço?

— Muito. Apesar de garantir muito do que eu ganho, tenho cada vez mais raiva desse lugar. Não consigo enxergar verdade em nada que acontece ali. Aliás, você já pensou no quão esquisito é o nome dessa rua? Você sabe quem foi o Prefeito Magro? Eu nunca soube. Moro aqui desde que nasci e não sei quem é.

— Desde que você se lembre, quantos prefeitos gordos esta cidade já teve?

— Hummm... nenhum?

— Então. Prefeito Magro pode remeter a todos os prefeitos, ué.

— Mas você não acha estranho uma rua com esse nome?

— É um pouco, sim. Mas não temos muito o que fazer, né? A rua está lá, ela tem esse nome.

— É. Mas é um nome meio besta. Talvez fosse melhor que ela não tivesse nenhum nome. Se eu fosse uma espécie de deusa, sei lá, eu ia fazer ao contrário: em vez de o nome dar importância às coisas, talvez não ter nenhum nome é que fosse verdadeiramente importante.

— Você está querendo reinventar a linguagem, é?

— Só se eu fosse uma espécie de deusa, como já te disse. Mas sou de carne e osso e, infelizmente, não tenho esse poder.

— Vai aceitar a minha proposta?

— Antes disso: acho que vou colocar Serzedelo mesmo como o nome da estação em que o trem está parando.

— Ora, ora. Mas a deusa da linguagem não acabou de dizer que dar nome talvez seja tirar a importância?

— Então, por isso mesmo. Vou nomear justamente porque não quero que seja tão importante.

— Ai, quanta filosofia, Cleo. Por isso que você demorou a arrumar namorado antes de mim…

— Eu te amo, seu ridículo!

— Se me amasse mesmo, não enrolava tanto pra responder a um convite. Está ficando tarde, vamos ou não vamos tomar esse café no Museu dos Errantes?

— Vamos!

FIM

IGOR DIAS

é carioca e nasceu no outono de 1987. Além de escritor, é também engenheiro de produção. Publicou "Além dos Sonetos Breves" (2012, poemas, Ed. Oito e Meio), "Dinamarca" (2015, contos, Ed. Oito e Meio), "Extravios" (2018, romance epistolar escrito em conjunto com a escritora Vivian Pizzinga, Ed. Oito e Meio), "A expansão bandeirante não acabou" (2018, ensaios, Azougue) e "A beleza sem regras de Copacabana" (2021, poemas, Philos). "Museu dos Errantes" é seu primeiro romance em voo solo.

⁂

este livro foi editado

no inverno

de 2022